James Patterson / Chris Tebbetts

SCHOOL SURVIVAL

Beliebt sein ist auch kein Vergnügen

JAMES PATTERSON / CHRIS TEBBETTS

SCHOOL SURVIVAL

BELIEBT SEIN IST AUCH KEIN VERGNÜGEN

Mit Illustrationen von Laura Park

Aus dem Englischen
von Manuela Knetsch

Carl Hanser Verlag

Die Originalausgabe erschien 2015 unter dem Titel
Middle School: Just My Rotten Luck bei Little, Brown and Company, New York.
This edition published by arrangement with Little, Brown and Company,
New York, New York, USA.

1 2 3 4 5 21 20 19 18 17

Umschlag: Stefanie Schelleis, München © Laura Park
Satz im Verlag, Christina Zeeb
Druck und Bindung: GGP Media GmbH, Pößneck
Printed in Germany

FSC
www.fsc.org
MIX
Papier aus verantwortungsvollen Quellen
FSC® C014496

Für meinen liebsten Football-Fan,

Ilse Tebbetts

C. T.

Rafe Khatchadorian bekam seinen ersten Kuss?! Wer macht denn so was?
RAFE K. ERSTER KUSS
Lest alles darüber!
Freiwillig? Würg!
NEU
Rafe K.
SEHT MICH AN!
Lies es
Muss ich ihn den ganzen Tag anschauen?
RAFE
Guckt mal! ICH BIN ETWAS BESONDERES!
Rafe ist was Besonderes?
Wer's glaubt...

KAPITEL 1

ALLES AUF ANFANG

Seitdem ich euch kenne – wie lange kennen wir uns jetzt eigentlich schon? –, bin ich bereits auf ungefähr hundert verschiedene Arten zum Pechvogel geworden.
Mein Dasein als Pechvogel ist hiermit offiziell beendet.
Auf dieser Seite.
Vor dem nächsten Punkt
.

Und deshalb könnte das vor euch liegende Buch mein bislang bestes werden. Ich muss euch tonnenweise Sachen erzählen, mehr denn je. Zuerst hatte ich daran gedacht, diesem Buch einen der folgenden Titel zu geben: *Das Pechvogel-Dasein ist jetzt beendet* oder vielleicht *Seht mich an, ich bin etwas Besonderes* oder *Erster Kuss* oder *Rafe Khatchadorian: Geheimagent im Auftrag der Kunst.*
Aber dann konnte ich mich für keinen dieser Titel entscheiden. Falls es euch noch nicht aufgefallen ist, das Buch habe ich letztendlich *Beliebt sein ist auch kein Vergnügen* genannt.
Und obwohl das bestimmt nicht gerade der lustigste Buchtitel

ist, den ihr kennt (und das aus gutem Grund!), passieren in dieser Geschichte eine ganze Menge toller Dinge.
Ich werde zum Beispiel zum American-Football-Helden.
Ja, ich weiß, was ihr jetzt denkt: *Rafe Khatchadorian* und *American Football* passen in etwa so gut zusammen wie Elefanten und Katzenklos. Aber tatsächlich war ich es, der für die Falken – die Footballmannschaft der Hills Village Middle School – Punkte geholt hat. Ungelogen.
Genauso war es.

Versteht mich nicht falsch. Das soll nicht bedeuten, dass es in diesem Buch nur um Sportskanonen geht und um Cheerleader, die meinen Namen kreischen. (Ganz im Ernst: Ihr wisst doch, wie ich aussehe …)

Was ich damit sagen will, ist … Ach, am besten fange ich einfach ganz vorne an. Dafür müssen wir nur ein klein wenig in der Zeit zurückreisen. Und *das* wiederum bedeutet, ich muss mich einer dieser guten alten Rückblenden bedienen, die ihr auch aus Filmen kennt. Dann geht es im Schnelldurchlauf wieder zurück in die Gegenwart. Und mal sehen, was danach noch so ansteht.

Schnallt euch an – es wird eine wilde Berg- und Talfahrt!

Seid ihr bereit? Gut.

Hier kommt der Flashback!

ZUKUNFT
AUGUST
Ich...oh-oh
!neztok ssum hci ,bualg

VERGANGENHEIT
JUNE
OCT

KAPITEL 2

DAS KANN JA HEITER WERDEN!

Willkommen in der VERGANGENHEIT! Keine Sorge, so weit zurück mussten wir gar nicht reisen. Es sind nur drei Wochen, um genau zu sein.

Hinter mir lag ein ziemlich mieser Sommer mit miesen Sommerferien, die ja für Schüler *eigentlich* die beste Zeit des Jahres sein sollten. *Pfff*, von wegen. Mein Aufenthalt im Ferienlager Camp Wannamorra war eine einzige Katastrophe gewesen, und die Woche, in der ich in den Rocky Mountains das sogenannte PROGRAMM absolvieren musste, hätte mich beinahe umgebracht (nur *beinahe*, aber immerhin).

Trotzdem hatte ich zu diesem Zeitpunkt den schlimmsten Teil dieses miesen Sommers noch gar nicht hinter mich gebracht. Der schlimmste Teil bestand nämlich darin, dass ich am Freitag, bevor die Schule wieder anfangen sollte, mit Mom in die Hills Village Middle School bestellt wurde. Wir hatten eine Verabredung mit Mrs Stricker und Mrs Stonecase, bei der meine Rückkehr in die Schule besprochen werden sollte.

Ihr erinnert euch doch sicher noch an Mrs Stricker, nicht wahr? Und auch an Mrs Stonecase, nehme ich an? Bei den beiden Damen handelt es sich um die Direktorin und die stellvertretende Direktorin der Hills Village Middle School. Außerdem sind sie Schwestern – ganz im Ernst. Das ist in etwa so, als bekäme man den doppelten Ärger zum halben Preis. Um es anders auszudrücken: Wenn es einen Weltverband der Rafe-Khatchadorian-Hasser gäbe, wären diese beiden die Vorsitzende und die stellvertretende Vorsitzende.

Wie dem auch sei, sobald ich in diesem Löwenkäfig festsaß (das heißt, in Mrs Strickers Büro Platz genommen hatte), schlugen die schlechten Nachrichten um mich herum ein wie ein Meteorschauer.

»Wenn Rafe in diesem Herbst auf die Hills Village Middle School zurückkehren möchte«, erklärte Mrs Stricker meiner Mom, »wird er als Förderschüler anfangen und besondere Kurse besuchen müssen.«

Mir fiel die Kinnlade herunter. »WAS?«

Aber Mrs Stricker war noch nicht fertig. Die Gemeinheiten sprudelten aus ihr heraus wie eine Flutwelle, die niemand aufhalten konnte. »Ob er die Middle School in der regulären Schulzeit abschließen kann oder ein, zwei – vielleicht auch mehr – Extrarunden drehen wird, können wir im Moment noch nicht absehen.«

»WAAAS?«, rief ich noch einmal völlig fassungslos.

Ich weiß ja nicht, wie man diese ganze Fördergeschichte an eurer Schule nennt – Sonderprogramm? Dumpfbacken-Training? Deppenkurse? (Und die dazugehörigen Kinder? Sonderschüler, Hirnis oder Matschbirnen?) –, an der Hills Village Middle School jedenfalls gab es jede Menge böser Bezeichnungen dafür.

Und nun sollte auch ich einer dieser »besonderen« Schüler werden, der »gefördert« werden musste.

Verzweifelt versuchte ich, Mrs Stricker, Mrs Stonecase und auch Mom davon zu überzeugen, dass sie einen gewaltigen

Fehler machten, aber sie gaben nicht nach. Mom war nicht wütend über die Entscheidung der beiden, und ich weiß, dass sie nur das Beste für mich will. Sie sagte einfach, ich solle es versuchen.

»Und dann warten wir mal ab, wie sich die Dinge entwickeln, wenn das Schuljahr erst einmal in Gang gekommen ist. Wer weiß, vielleicht gefällt dir das Förderprogramm sogar.«

Das ist so typisch Mom.

Wenn ihr mittlerweile die Befürchtung habt, dass es hier genauso miesepetrig weitergeht, kann ich Entwarnung geben. Ich werde auch einige coole Geschichten zum Besten geben, zum Beispiel diese Sache mit dem ersten Kuss und einiges mehr, das ich bisher noch nicht erwähnt habe.

Aber in diesem Augenblick sah es tatsächlich ganz danach aus, als hätte ich den schlechtesten Schulstart aller Zeiten hingelegt.

Dabei hatte das Schuljahr noch nicht einmal angefangen.

KAPITEL 3

ETWAS BESONDERES

Weihnachten ist etwas Besonderes.

Geld auf der Straße zu finden ist etwas Besonderes.

Pizza, Pommes und Eis im Laufe eines einzigen Tages zu essen ist etwas Besonderes.

Aber in ein »Sonderprogramm« mit Förderunterricht gesteckt zu werden, ohne Aussicht darauf, die Middle School überhaupt noch einmal beenden zu können – geschweige denn *bald*!?

Nicht so besonders.

Bevor wir an diesem Freitag wieder nach Hause fuhren, hatten Mom und ich noch ein Treffen mit dem Lehrer, der den Förderunterricht anbietet – Mr Edward Fanucci. Sein Nachname wird *Fanutschi* ausgesprochen, was für mich wie etwas klingt, das man mit Tomatensoße isst.

»Willkommen zurück an der Hills Village Middle School, Rafe«, begrüßte er mich. »Ich freue mich auf unsere Zusammenarbeit in diesem Schuljahr. Und Sie müssen Mrs Khatchadorian sein. Rafes Mom, nicht wahr?«

»Nennen Sie mich doch einfach Jules«, antwortete Mom.

Wie sich herausstellte, kannten Mr Fanucci und Mom sich schon aus dem Schnellimbiss, in dem sie arbeitet – Swifty's Burgergrill, drüben auf dem Montgomery Boulevard. Und Mom erinnerte sich, dass er seine Cheeseburger immer gut durchgebraten bestellte und jeden Sonntagmorgen allein am Tresen saß, um zu frühstücken.

Und so kamen die beiden ins Plaudern über Cheeseburger und alle möglichen anderen Themen, während ich dasaß und darüber nachdachte, wie grauenvoll mein Leben von nun an werden würde.

Was genau bedeuteten diese Veränderungen für mich? War ich einfach vollkommen dämlich? Hätte ich das alles vermeiden können, wenn ich im Unterricht besser aufgepasst hätte? Wenn ich immer das Gemüse gegessen hätte, das meine Mom mir kochte? Wenn ich keinen imaginären Freund hätte, mit dem ich ständig quatschen würde?

Wenn ich nicht so *besonders* wäre?

»Also gut, Rafe«, sagte Mr Fanucci schließlich. »Wir müssen noch dein IEP aufstellen. Danach hast du frei und kannst die letzten Sommerferientage genießen, bevor die Schule wieder beginnt.«

Beinahe hätte ich ihn gefragt, wie er sich das vorstellte: Wie sollte ich denn noch *irgendetwas* genießen, wenn mir Sonderunterricht drohte? Gesagt habe ich kein Wort, aber gedacht habe ich: *NEINNEINNEINNEINNEIN!*

Vermutlich stand IEP für *Individuelles Erfolgsprogramm*, die Bezeichnung hatte ich schon einmal irgendwo gehört. Aber in meinem Fall passte die Abkürzung besser zu *In extremer Panik*.

Mr Fanucci hat wohl geahnt, dass ich mich auf das Sonderprogramm freute wie auf eine Wurzelbehandlung beim Zahnarzt, denn er machte gleich einen auf »bester Kumpel«.

»Ob du's glaubst oder nicht: Du wirst noch glücklich sein, an den Förderkursen teilnehmen zu können«, sagte er. »Dadurch wirst du im Unterricht besser mitkommen als je zuvor. Man könnte das mit einem Extraschuss Benzin vergleichen, den wir in deinen Tank füllen. An den meisten Kursen wirst du ganz normal teilnehmen, und an deinen Hausaufgaben arbeiten wir gemeinsam. Dreimal die Woche treffen wir uns zusätzlich in einer Lerngruppe. Dort sind dann auch andere Kinder, die etwas mehr Unterstützung brauchen.«

»Kinder wie ich?«, fragte ich nach.

»Ja«, erwiderte er. »Kinder, die auf ihre ganz eigene Art lernen.«

Was auf nette Art und Weise so viel hieß wie Sonderschüler, Hirnis, Matschbirnen, Freaks.

Ihr wisst schon – Kinder wie ich.

KAPITEL 4

EIN ~~GUTER~~ BÖSER ALTER BEKANNTER

Ihr wisst doch sicher noch, dass ich diesen Tag als den schlimmsten Teil meines gesamten miesen Sommers bezeichnet habe? Ja? Bleibt dran, der Tag war nämlich noch nicht zu Ende.

Während Mom sich weiter mit Mr Fanucci unterhielt, fragte ich, ob ich auf dem Parkplatz warten könne. Ich wollte unbedingt vermeiden, dass mich jemand vor dem Büro des Förderschullehrers entdecken und blöde Fragen stellen würde.

Da saß ich nun auf dem Kofferraum unseres Wagens und fragte mich gerade, welchen Job man wohl bekam, wenn man nicht einmal die Middle School schaffte (richtig: KEINEN!), als mein Tag noch ein bisschen mieser wurde. Und *ein bisschen mieser* ist *stark* untertrieben.

»Hey! Khatcha*DOOF*ian!«, hörte ich plötzlich eine vertraute Stimme rufen.

Als ich den Kopf hob, sah ich … Na, vielleicht könnt ihr es euch schon denken?

Ganz genau: Miller den Killer.
Oh ja, dieser Freitag war ein richtiger Glückstag für mich.
Miller kam auf mich zu, gemeinsam mit zwei anderen Typen aus der Footballmannschaft der Hills Village Middle School. Sie schienen bereits vor dem offiziellen Unterrichtsbeginn am Montag mit dem Training loszulegen, denn alle trugen ihre Stollenschuhe und stürmten Richtung Sportplatz.
Was wiederum bedeutete, dass ich ihnen im Weg stand (oder eher saß) wie eine wacklige Strohhütte einem herannahenden Wirbelsturm.
Als ich damals zum ersten Mal auf die Hills Village Middle School gegangen war, hatte Miller mir das Leben so angenehm gemacht wie eine Tüte Hasenköttel, die man für saftige Rosinen hält. Unsere letzte Begegnung hatte für uns beide blutig geendet – weil mein Blut auf ihn gespritzt war.
Man könnte also sagen, dass wir nicht gerade freundschaftlich auseinandergegangen waren.
»Was machst *du* denn hier?«, wollte Miller wissen. »Jetzt sag bloß nicht, du gehst wieder auf die Hills Village?!«
»In Ordnung«, entgegnete ich, »dann werde ich es dir eben nicht sagen.«
»Warte mal«, sagte er, und sein verwirrter Gesichtsausdruck zeigte einmal mehr, dass er vollkommen überfordert war. »Das heißt doch, du kommst wirklich zurück, oder?« Miller mag vielleicht nichts »Besonderes« sein, so wie ich, aber auch er ist nicht gerade die hellste Kerze auf der Geburtstagstorte.

HILLFE!
Hung...rig!
40
HILLS-VILLAGE-ROWDYS
FÜTTERN VERBOTEN!
Hast du das gehört? Ich glaub, er hat „hungrig" gesagt!
Cool!

»Das wird lustig«, sagte Jeremy Savin und klatschte sich mit Bobby Davidson ab. Unter ihren Blicken begann ich mich zu fühlen wie im Zoo – während der Fütterung im Gorillagehege. Wenn ich in diesem Augenblick die Möglichkeit gehabt hätte, wäre ich abgehauen. Aber was hätte ich tun sollen – einfach mit den Fingern schnipsen und mich in Luft auflösen? Miller sagen, dass ich mal aufs Klo müsste? (Ich musste tatsächlich aufs Klo, aber das machte alles nur noch schlimmer.)

Ich konnte ihm auch nicht einfach sagen, dass er verschwinden solle. Das wäre in etwa so gewesen, als hätte ich mir eine Ladung Dynamit in den Mund gesteckt und ihm ein Streichholz für die Zündschnur gereicht.

Glücklicherweise kam mir der Zufall in Gestalt von Trainer Shumsky zu Hilfe, der hinten auf dem Sportgelände vor den nicht überdachten Tribünen stand.

»Miller! Savin! Davidson!«, brüllte er. »Hättet ihr vielleicht die Freundlichkeit, eure Hintern in Richtung Spielfeld zu bewegen? Oder wollt ihr bis zum Eröffnungsspiel der Saison lieber auf dem Parkplatz rumstehen?«

»Wir sind schon unterwegs, Trainer!«, rief Jeremy.

»Zu Befehl, Trainer!«, rief Miller, als ob er beim Militär wäre.

Ihr könnt mir glauben, diese Typen nehmen den Flag-Football *sehr* ernst. Sobald sie auf der Highschool sind, spielen sie dann den echten American Football, bei dem es richtig zur Sache geht. Und in der Zwischenzeit benutzen sie Schüler wie mich, um ihre Kräfte zu erproben.

»Das hier ist noch nicht vorbei«, erklärte Miller und hätte mir mit dem Zeigefinger fast ins Auge gestochen. Er kam so dicht heran, dass ich riechen konnte, was er zu Mittag verputzt hatte: ein Mortadella-Sandwich mit scharfem Senf und dazu Traubensaft.

»*Was* ist nicht vorbei?«, fragte ich ihn. »Es hat doch noch gar nichts … angefangen.«

Nach dem »nichts« hatte er mir mit aller Kraft gegen den Brustkorb geboxt. Hätte ich nicht am Kofferraum von Moms Wagen gelehnt, wäre ich der Länge nach auf dem Boden aufgeschlagen. Und es wäre nicht das erste Mal gewesen.

»*Jetzt* hat es angefangen«, stellte Miller klar. Dann lief er mit seinen Gorillakumpels in Richtung Sportplatz davon.

Ehrlich, ich habe nicht den leisesten Schimmer, weshalb Miller mich derart hasst. Der einzige Grund, weshalb ich ihn hasse, ist … dass er *mich* hasst. Ich weiß, ich hätte in diesem Moment besser meinen Mund halten sollen. Keine Frage. Aber mit dem *sollen* und dem *müssen* habe ich leider so meine Probleme …

»Hey, Miller!«, sagte ich. »Was hast du eigentlich für ein Problem? Was hast du gegen mich?«

Er drehte sich nur kurz zu mir um und zuckte mit den Schultern.

»Sobald es mir einfällt, erzähl ich es dir«, rief er. »Wir sehen uns in der Schule, du Würstchen.«

Ja, genau das befürchtete ich auch.

KAPITEL 5

KEIN KOMMENTAR

Als wir nach Hause kamen, hatte Oma Dotty zum Abendessen bereits eine große Schüssel ihrer Spezialfrikadellen gemacht. Sowohl meine Oma als auch meine Mom können kochen wie die Weltmeister. Das ist ganz praktisch, da ich ja auch essen kann wie ein Weltmeister.

Heute allerdings … Zum ersten Mal in meinem Leben hatte ich keinen Appetit, obwohl das ganze Haus wie eine einzige leckere Riesenfrikadelle roch.

»Wie ist es gelaufen, Junge?«, wollte Oma wissen.

»Ich will nicht darüber reden«, entgegnete ich.

»Wieso?«, fragte meine Schwester Georgia. »Was ist denn?«

Jedes Mal, wenn meine kleine Schwester von irgendeiner Sache Wind bekommt, bei der es um mich geht und die nichts Gutes verheißt, verwandelt sie sich in einen Bluthund. Sie lässt erst dann locker, wenn sie alles herausgefunden und mich – ihre Beute – erlegt hat.

»Ich hab doch gesagt, ich will nicht darüber reden! Besonders nicht mit dir.«

»Wieso nicht mit *mir*? Was habe *ich* denn getan?«, fragte sie noch, aber da war ich schon auf dem Weg in mein Zimmer.

Georgia jedoch gab immer noch keine Ruhe.

»Was ist passiert?«, hörte ich sie Mom fragen. »Steckt Rafe in Schwierigkeiten? Weshalb ist er so wütend? Was hat Mrs Stricker gesagt?«

Und in diesem Augenblick explodierte ich.

»HALT DIE KLAPPE!«, schrie ich durch den Flur. »KANNST DU NICHT EINMAL IM LEBEN EINFACH DEINE NEUGIERIGE KLAPPE HALTEN!?!«

Mom verlangte nicht, dass ich zurückkam und mich bei Georgia entschuldigte. Bevor ich die Zimmertür zuschlug, hörte ich Georgia noch sagen: »*Neugierige Klappe*? Das ergibt doch überhaupt keinen Sinn.« Und Mom antwortete: »Lass ihn erst einmal runterkommen. Rafe hat anscheinend einen harten Tag hinter sich.«

Fakt ist: Meine kleine Schwester war ungefähr die *letzte* Person, mit der ich über all das reden wollte. Georgia geht mittlerweile auch auf die Hills Village Middle School, und im Gegensatz zu mir ist sie ein Genie. Was würde passieren, wenn sie eine Klasse überspringen könnte? Oder wenn ich weiterhin alles total vermasselte und sitzen bliebe?

Im schlimmsten Fall würde es darauf hinauslaufen, dass Georgia und ich in ein und derselben Klasse landen! Oder noch schlimmer – viel schlimmer: dass meine kleine Schwester die Middle School früher abschließen würde als ich!

DAS MONSTER-GEHIRN

Oh nein, mir war *ganz und gar nicht* danach, Georgia zu erzählen, was an der Hills Village vorgefallen war.
Und nach Essen war mir auch nicht zumute.
Ganz zu schweigen davon, am Montag wieder in die Schule zu gehen.

Als ob es nicht schon schlimm genug gewesen wäre, von nun an ein »Förderschüler« zu sein. Nein, zu allem Überfluss war ich auch wieder genau dort gelandet, wo ich mit Miller aufgehört hatte. Sicher würde er bald herausfinden, dass ich den Förderunterricht besuchte. Und was dann los wäre, mochte ich mir gar nicht ausmalen.

Mom sagt immer »Normal sein ist öde« und dass ich ein Künstler sei und meine eigenen ganz besonderen Talente hätte, bla bla bla. Aber das alles hatte mir bisher nichts gebracht, außer auf dem Stapel aussortierter Schüler zu landen, die alle genauso *besonders* waren wie ich.

Was immer das heißen mochte.

Je länger ich darüber nachdachte, umso wütender wurde ich. Ich wollte auf etwas einschlagen. Ich wollte etwas *kaputt* machen. Ich wollte einen auf Rockstar machen und die gesamte Zimmereinrichtung demolieren.

Aber ich tat es nicht. Stattdessen riss ich mich zusammen und griff auf das Einzige zurück, was mir in stressigen Situationen wirklich hilft, mich besser zu fühlen. Das Einzige, was ich halbwegs gut kann.

Ich schnappte mir mein Skizzenbuch und begann zu zeichnen.

LOSER UND LEO IN: Wer ist hier der Trottel?
Hallo, ich bin Loser.
Und ich bin Leo der Stille. Ich kann einfach alles.
Ich kann ÜBERHAUPT nichts.
Stimmt nicht. Du kannst zeichnen.

Ach ja! Immerhin das kann ich.
Siehst du?
PLATSCH
Oh Mann! Nicht mal DAS kann ich richtig!

Du bist in Ordnung, Loser. Sei nicht so streng mit dir selbst.
Und weshalb fühle ich mich dann immer wie der letzte Trottel?
Ähm...
Weshalb antwortest du nicht?
Ich überlege noch...

KAPITEL 6

ICH STELLE MIR SELBST EINE FALLE

An diesem Abend stellte ich meine Loser-Comics zum ersten Mal online. Normalerweise bekommt sie niemand zu Gesicht. Vermutlich brauchte ich das Gefühl, dass es etwas gab, was ich gut konnte. Etwas, das mich wirklich *besonders* machte – wenn ihr wisst, was ich meine.

Und so lud ich meine Zeichnungen auf MyComics.de hoch, dieser bunt zusammengewürfelten Comics-Website, von der ich auf der Kunstschule erfahren hatte (damals, als wir noch in der Großstadt wohnten). Dort würden andere Menschen meine Sachen sehen und Kommentare hinterlassen können – gute wie schlechte. Natürlich habe ich auf dieser Website nicht meinen richtigen Namen angegeben. Ich tat so, als stammten sie von einem Typen namens R.K. Wieauchimmererheißt, damit niemand herausfand, wer ich wirklich war. Damals ging ich davon aus, dass niemand an der Hills Village Middle School auch nur von MyComics.de gehört hatte, geschweige denn regelmäßig auf dieser Website vorbeischaute.

Ja, ich weiß, was ihr jetzt denkt. Leo mag vielleicht nicht real sein (mehr zu ihm später), aber wie konnte ich nur einen Haufen Comics mit einer Figur namens Loser ins Netz stellen, die so aussah wie ich, *ohne* an die Konsequenzen zu denken? Das kann ich euch ganz genau sagen:

IM NACHHINEIN IST MIR DAS AUCH VÖLLIG SCHLEIERHAFT.

Wisst ihr, wenn es um vorausschauendes Handeln geht, bin ich nicht unbedingt der Klassenbeste.

Um es kurz zu machen: Ohne es zu ahnen, hatte ich mir gerade eine brandneue Zeitbombe gebastelt, die jeden Moment in die Luft gehen konnte. Die Frage war nur, wann?

KAPITEL 7

MAYA, DEE-DEE, JONNY UND ICH

Also gut, jetzt machen wir einen kleinen Zeitsprung nach vorne! (Ihr seid doch noch da, oder?)

Der erste Schultag war genau wie erwartet – schrecklich.

Als ich aus dem Bus stieg und zum Schulgebäude lief, stand Mrs Stricker bereits vor dem Eingang und forderte die Schüler brüllend auf, sich zu beeilen. Als sie mich sah, wurde sie ganz grün im Gesicht.

Natürlich stand Mrs Stonecase direkt neben ihr. Die beiden sind wahre Zoff-Zwillinge, nur dass es keine Zwillinge sind. Schwierige Schwestern? Gemeine Geschwister? Fiese Fami…

»NICHT HERUMTRÖDELN, MR KHATCHADORIAN!«

»Schon gut«, murmelte ich, während ich mich an ihnen vorbei durch die Tür drückte.

Im Schulflur stieß ich dann prompt auf meinen großen Schwarm, Jeanne Galletta. Als sie mich fragte, wie es mir ginge, antwortete ich »gut«. Daraufhin sagte sie »schön« und drehte sich wieder zu ihrem dämlichen Freund Jared – der Wunderbare – McCall um. Der Kerl ist in allem, was er tut, so perfekt, dass er die Schule doch genauso gut gleich verlassen könnte, oder?

Miller den Killer hatte ich auch sofort entdeckt, glaube aber nicht, dass er mich gesehen hat. Vermutlich war es ganz hilfreich, dass ich mir meinen Rucksack vors Gesicht gehalten habe, während ich an ihm vorbeilief.

Und all das geschah noch *vor* dem Unterricht!

In den ersten drei Stunden standen Englisch, Mathe und Naturwissenschaften auf dem Stundenplan. Wir bekamen jede Menge Hausaufgaben auf. Mr Fanucci hatte gesagt, ich sollte alle Aufgaben mit zu ihm in die Lerngruppe bringen. Und diese Lerngruppe sollte sich in der vierten Stunde treffen.

Während also alle anderen Schüler ihre Fremdsprachenkenntnisse ausbauten oder sich in die neuesten Softwareprogramme vertieften, lief ich in den Arbeitsraum der Bibliothek, um herauszufinden, wer genauso *besonders* war wie ich.

Ich schätze, dass Mr Fanucci mehrere Lerngruppen betreut, denn in der vierten Stunde waren wir insgesamt nur fünf Schüler. Was bedeutete, dass ich mich nicht hinter dem Rücken der anderen verstecken konnte. Und dass wir nicht lange brauchten, um uns kennenzulernen.

Das hier ist Maya Lee. Sie weiß immer zu allem und jedem etwas Nettes zu sagen. Nicht, dass ich mich darüber beschweren will, aber irgendwann denkt man sich ernsthaft: »Ja, schon

gut, ich hab's verstanden, Maya. Dir gefällt mein Stift. Und mein Stuhl. Und du magst meine Schuhsohlen.« Na ja, zumindest ist sie nett.
Außerdem bringt sie freitags immer selbst gebackene Muffins mit in die Lerngruppe. Ich will mich also wirklich nicht beschweren.

Das ist Dee-Dee Molia. Um ehrlich zu sein, hatte ich erwartet, mehr solcher Kinder wie sie in unserer Gruppe anzutreffen. Ich denke schon, dass sie einiges draufhat, aber sie braucht auch viel Unterstützung. Sie spricht nur über ihr iPad mit den Leuten, was eigentlich ganz cool ist. Außerdem sitzt sie in der Klasse immer ganz vorne, damit sie lesen kann, was an der Tafel steht. Und wenn wir etwas vorlesen sollen, sorgt Mr Fanucci dafür, dass es Bücher sind, die sie auch über Kopfhörer hören kann. Manchmal frage ich mich, ob sie nicht die ganze Zeit über Taylor Swift hört. Wer könnte es ihr verübeln?

Jonny Hermenez weiß sehr viel. Wirklich *viel.* Ich glaube, das Einzige, was er *nicht* weiß, ist, wie er seine Hausaufgaben erledigen soll. Aber wenn es darum geht, weshalb Tintenfische drei Herzen haben oder dass es auf der Welt über 14 Milliarden Glühbirnen gibt, macht ihm so schnell keiner was vor. Falls ich jemals in einer Quizsendung landen sollte, bei der die Eine-Million-Dollar-Kategorie *Unglaubliche Fakten* lautet, würde ich Jonny um Hilfe bitten.

Und das bin ich. Ihr wisst zwar bereits, wie ich aussehe, aber ich dachte, ich zeige es euch trotzdem noch mal. Auch wenn Maya, Dee-Dee, Jonny und ich vielleicht nie beste Freunde sein werden, halte ich mich doch keineswegs für etwas Besseres als sie. Ich wünschte einfach, ich müsste gar nicht erst in diese Lerngruppe gehen.
Wenn ihr bisher gut aufgepasst habt, müsste euch aufgefallen sein, dass es in unserer Gruppe noch einen Schüler geben muss. Was soll ich sagen? Das Beste habe ich mir bis zum Schluss aufgehoben.

KAPITEL 8

AUSGE-FLIP-PT

Ich kannte Philip »Flip« Savage noch keine zehn Minuten, als ich mich bereits fragte, was jemand wie *er* im Förderunterricht suchte. Flip kam mir völlig normal vor, ja, ich hielt ihn sogar für ziemlich cool. Aber als Mr Fanucci ihn nach weiteren zehn Minuten aus dem Raum schickte, damit er wieder »runterkommt«, schwante mir langsam etwas.

Flip ist wie ein Kreisel, der niemals aufhört sich zu drehen. Er macht einfach immer weiter und weiter und weiter und weiter …

und weiter und weiter …

und weiter.

Außerdem ist er der wohl lustigste Typ, den ich jemals kennengelernt habe.

Ein Beispiel gefällig? Gleich am ersten Tag sagte Flip zu Mr Fanucci: Hey, Mr Fanucci, dürfen wir Sie Mr Matschbirnen-Bändiger nennen?« Alle lachten. Da Mr Fanucci von dieser Idee nicht gerade begeistert war, startete Flip einfach einen neuen Versuch.

»Okay, dann nennen wir Sie nur Mr Bändiger«, schlug er vor. »Damit kann ich leben«, erwiderte Mr Fanucci. (Aber Flip nennt ihn weiter Matschbirnen-Bändiger, wenn er gerade nicht im Zimmer ist.)

Überhaupt liebt es Flip, jedem einen Spitznamen zu verpassen. Mich nennt er manchmal »Kurzer«, weil ich ein paar Zentimeter kleiner bin als er. Maya nennt er »Die Nettigkeit«. Dee-Dee ist für ihn nur »Frau Digitalia«, und Jonny heißt »Fakten-Fan«.

Flip ist zudem eine echte Sportskanone. Welcher Hochleistungsmotor auch immer ihn im Innersten antreibt, er führt dazu, dass Flip sich sowohl beim Flag-Football als auch beim Fußball, Basketball und Handball hervorragend schlägt. (Auch seinetwegen bin ich Teil der Footballmannschaft geworden, aber dazu kommen wir noch.) Flip nimmt sich selbst nicht allzu ernst und nennt sich »Hohle Sportskanone«, was ich wirklich lustig finde. Seiner Meinung nach bremst man damit Leute aus, die einem fiese Spitznamen verpassen wollen. Ganz schön clever, finde ich. Und ich werde euch noch etwas erzählen. Dieser Junge kann vielleicht nicht besonders

lange stillsitzen, und auch in Mathe oder Englisch gibt es sicher Schlauere als ihn.
Aber außer Flip Savage habe ich niemals jemanden getroffen, bei dem ich von der ersten Sekunde an *wusste*, dass wir gute Freunde werden.

KAPITEL 9

WIEDER EINMAL HERZFLATTERN

Da wir gerade bei den angenehmen Erlebnissen sind, mache ich gleich mal weiter.

Wobei das, was ich jetzt erzählen will, genau genommen weder gut noch schlecht war. Am Freitag, direkt nach der Schule, traf ich nämlich auf Jeanne Galletta.

Und das ist durchaus *wörtlich* zu verstehen.

Ich hielt beim Laufen den Kopf gesenkt, weil die Footballmannschaft sich draußen wieder zum Training versammelte und ich so wenig Aufsehen wie möglich erregen wollte. Flip hatte mir die Woche über immer wieder geraten, mir über Miller nicht allzu viele Gedanken zu machen, aber Flip war Flip, und ich war ich. Und Miller hatte es eindeutig auf *mich* abgesehen.

Jedenfalls ging ich gerade mit gesenktem Kopf in Richtung Bus, als ich – *WUMMS!* – urplötzlich mit jemandem zusammenstieß, taumelte und rückwärts auf dem dreckigen Boden landete.

Auch Jeanne war nach hinten gefallen. Ihrem Blick nach zu urteilen, hatte sie mich genauso wenig kommen sehen wie ich sie.
»Rafe, das tut mir echt leid!«, entschuldigte sie sich. »Ich habe überhaupt nicht aufgepasst.«
»Ich doch auch nicht«, erwiderte ich. »Alles in Ordnung bei dir?«
Und dann mussten wir beide lachen. Für ganze 3,2 Sekunden befand sich Rafes Welt im Idealzustand. Jetzt schien der Moment gekommen, in dem Jeanne begreifen würde, dass sie dazu bestimmt war, meine Freundin zu sein. Der Moment, in dem wir zwei beschlossen, gemeinsam wegzuziehen – weit, weit weg. Irgendwohin, wo niemand *besonders* war und niemand vor die Brust geboxt wurde, nur weil er zur falschen Zeit am falschen Ort war.
Oder noch besser: Irgendwohin, wo es keine Schulen gab, dann würden sich auch meine übrigen Probleme in Luft auflösen.
Ja, das klang vielversprechend. Vielleicht gäbe es dort auch einen richtig coolen Strand, wo Jeanne und ich zusammen surfen lernen könnten.
»Rafe?«
Jeanne wedelte mit der Hand vor meinen Augen herum, sodass ich erschrocken einen Satz nach hinten machte.
»Hä?«, stieß ich hervor. »Ich meine, tut mir leid. Was hast du gesagt?«

»Ich wollte nur wissen, wie es mit deinen Kursen so läuft«, sagte Jeanne.

Oh Mann! Der Schulunterricht war so ziemlich das Letzte, über das ich mit Jeanne reden wollte. Aber noch bevor ich das Thema wechseln konnte, hörte ich hinter mir eine vertraute Stimme.

»Hey – KhatchaDOOFian!«

Miller der Killer kam im Eiltempo auf uns zu. Ich weiß nicht, was er vorhatte, aber ich wollte es auch gar nicht herausfinden. In diesem Augenblick – eingequetscht zwischen Jeannes falscher Frage und Miller dem Killer – wusste ich, dass es Zeit für mich wurde, das Weite zu suchen.

»BisdannJeanneIchmusslos«, murmelte ich noch.

Dann rannte ich. Und *wie* ich rannte – zuerst an den Bussen vorbei auf die Sylmar Avenue und dann schnurstracks nach Hause.

Ihr kennt ja sicher Sprüche wie *Manchmal muss man sich gegen seine Angreifer behaupten* oder *Manchmal muss man sich seinen Ängsten stellen*.

Tja, mag sein. Manchmal aber ist einem einfach nur danach, möglichst schnell zu verschwinden. Und das habe ich getan.

Was war das denn?

KAPITEL 10

EIN NEUER MITBEWOHNER

Als ich an jenem Nachmittag nach Hause kam, schien niemand da zu sein.

Dann aber hörte ich Stimmen. Mom, Oma und Georgia standen im Garten hinter dem Haus. Als ich Richtung Verandatür lief, bekam ich mit, dass Georgia sich über irgendwas beschwerte (wie üblich!).

»Das ist ungerecht! Und außerdem völlig verantwortungslos«, sagte sie. »Wieso tust du ihm das an? Das hat er nicht verdient!«

Ich blieb stehen, um weiter hinter der Tür zu lauschen. Ich war der einzige »Er« in unserer Familie, was bedeutete, dass Georgia da gerade über *mich* sprach. Und es klang so, als würde sie für mich eintreten, mich verteidigen. Was merkwürdig war.

Ich meine, *wirklich* merkwürdig.

»Das wird schon werden«, erwiderte Mom. »Er braucht einfach nur ein bisschen Liebe und Zuneigung, wie jeder andere auch.«

Das war sehr nett von Mom, wie ich fand, doch gleich anschließend wurde es wieder seltsam.
Oma sagte nämlich: »Ich mag seine großen Ohren.«
Meine Ohren?
Und Georgia meinte: »Also, wenn er in mein Zimmer pinkelt, rufe ich die Polizei!«
»Mach doch nicht so ein Theater«, sagte Mom zu ihr. »Wenn du nicht willst, dass er in dein Zimmer kommt, schließt du einfach die Tür hinter dir.«
»HEY!«, rief ich da, denn langsam wurde ich sauer. Ich weiß ja, dass ich hin und wieder etwas unordentlich bin, aber meine Familie glaubte doch wohl nicht ernsthaft, dass ich in Georgias Zimmer pinkelte?
»Rafe, bist du das?«, sagte Mom. »Komm doch raus zu uns!«
»Ihr hört sofort auf, über mich zu reden!« Ich stürzte nach draußen und bekam … den Schock meines Lebens.
»Überraschung!«, rief Mom.
Ich war sprachlos. »Ist das …?«
»Das ist ein Hund!«, erklärte Oma Dotty.
»Ja, das sehe ich«, meinte ich, »aber ist er …«
»Ich geb dem Ganzen eine gute Woche«, fuhr Georgia dazwischen.
»Ich meine, gehört er mir?«
»Ja, das ist dein Hund, Rafe«, antwortete Mom.

»Der arme Hund«, jammerte Georgia weiter. »Als würde man einem Faultier ein Haustier anvertrauen. Oder einem Maulwurf. Oder …«
Aber den Rest habe ich schon nicht mehr gehört. Ich kniete bereits auf dem Rasen und begrüßte meinen neuen Freund, der sofort damit begann, mein Grinsegesicht mit tausend feuchten Schlabberhundeküssen zu bedecken.
(Und NEIN – das war nicht *der* erste Kuss, den ich euch weiter vorne angekündigt hatte. Ihr müsst noch etwas Geduld haben!)
»Wir haben ihn aus dem Tierheim«, erzählte Mom. »Seine frühere Familie konnte ihn nicht behalten, aber er ist bereits stubenrein, und sie sagten mir, er beherrsche auch schon einige Kommandos. Willst du's nicht mal ausprobieren?«
»Sitz, Junge!«, legte ich los, aber der Hund starrte mich nur an.
»Platz!« Der Hund leckte mir über den Schuh.
»Gib Pfötchen?«, startete ich einen neuen Versuch.
In diesem Augenblick setzte er sich hin.
»Einstein wäre wohl ein ziemlich unpassender Name für ihn«, sagte Georgia.
Und wenn schon. Mir machte es nichts aus, dass er nicht der allercleverste Hund zu sein schien. Der allercleverste Junge bin ich schließlich auch nicht.
Dennoch hatte Georgia ein wichtiges Thema angeschnitten. Wie um alles in der Welt sollte ich diesen kleinen Kerl bloß nennen?

KAPITEL 11

WIE SOLL ER DENN HEISSEN?

Erst wollte ich dem Hund den Namen Zoom geben, nach meiner Lieblingslimonade.

Dann dachte ich daran, ihn Klöpschen zu nennen, weil er aussah wie ein Fleischklops auf vier Beinen.

Oder einfach Mischling, denn er war ganz bestimmt kein reinrassiges Exemplar.

Möglicherweise auch Klaus-Dieter – wer hat schon einen Hund namens Klaus-Dieter?

Ich konnte mich einfach nicht entscheiden.

»Vielleicht musst du ihn erst ein bisschen besser kennenlernen, bevor du ihm einen Namen gibst«, warf Mom ein. »Wie wär's, wenn wir alle einmal mit ihm Gassi gingen?«

Im nächsten Moment hielt Mom auch schon die Leine und eine Plastiktüte in der Hand. Und ein paar Sekunden später waren wir unterwegs in den Park.

Das würde großartig werden! Auch wenn ich noch keinen Namen für den Hund hatte, wusste ich doch, dass er ein treuer

Begleiter werden würde. Und ich würde ein tolles Herrchen für ihn sein – oder wie auch immer man das nennt. Jeden Tag würde ich im Park mit ihm Gassi gehen. Und ich würde mit ihm in den Wald gehen. Ich würde ihn *überallhin* mitnehmen. Und eines Tages, sobald ich meinen Führerschein hätte, würden wir beide richtig rumkommen. Als Erstes stünde ein Besuch im Grand Canyon an, und dann – auf dem Weg nach Hollywood in Kalifornien – würden wir einen kurzen Zwischenstopp in Las Vegas einlegen …

»RAFE!«, rief Georgia plötzlich hinter mir.

Als ich mich umdrehte, sah ich meine Schwester, meine Mom und meine Oma auf die Straße starren. Dort lag etwas.

»Nimm die Plastiktüte«, sagte Georgia. »Dafür ist sie schließlich da.«

Ach ja, dachte ich. *Hunde … da war ja noch was.*

Aber auch das würde ich überstehen. Man musste nur durch den Mund atmen, während man das Hundehäufchen aufhob, dann war es gar nicht eklig. Warm? Das schon. Glitschig? Nur, wenn man zu fest zudrückte.

Was ich damit sagen will: Wenn man einen Hund hat, den man liebt, ist es die Sache allemal wert.

Im Park angekommen, entdeckten wir eine große, offene Wiese, auf der ich den Hund ohne Leine laufen lassen konnte. Und wisst ihr was? Dieser kleine Fleischklops war richtig *schnell.* Seine vier winzigen Hundebeinchen konnten es ohne Weiteres mit ein paar Menschenbeinen aufnehmen – und

vielleicht war er sogar noch etwas schneller. Ich hatte jedenfalls Schwierigkeiten, mit ihm mitzuhalten. Als wir zurück zu Mom, Georgia und Oma kamen, keuchte ich wie ein alter Mann mit Raucherlunge.

»Ganz schön fix«, meinte Georgia. »Der Hund mag zwar nicht sehr helle sein, aber mit seiner Schnelligkeit macht er das wieder wett.«

Genau wie ich, ging es mir durch den Kopf. Tatsächlich sah es ganz danach aus, als seien dieser Hund und ich wie füreinander gemacht. Er wirkte wie eine kleinere, vierbeinige Version von mir selbst.

Und in diesem Augenblick wusste ich, wie er heißen sollte.

Darf ich vorstellen – *Junior*, der beste nicht-gerade-cleverste beinahe-schnellste Hund, den ein Kind sich nur wünschen konnte.

KAPITEL 12

FÖRDERUNTERRICHT

Das erste Wochenende mit Junior verging schneller als die Weihnachtsferien. Wir sind bestimmt an die 30 Kilometer gerannt, quer durch Hills Village. Es war das beste Wochenende meines Lebens.

Und dann, einfach so – *puff!* – war es Montagmorgen und Zeit, in die Schule zu gehen. (Hasst ihr das auch so?) Zurück zu Mathe, Biologie, Sozialkunde, Killer-Mobbern, dem Cafeteria-Fraß – und natürlich der Lerngruppe mit Mr Fanucci.

»Guten Morgen, ich hoffe, ihr hattet ein fantastisches Wochenende«, begrüßte er uns, genau wie in der Woche zuvor.

»Ich würde meinem acht Punkte geben«, sagte Flip.

»Meins war wunderbar!«, jauchzte Maya. »Es war einfach supi-dupi.«

»Wusstet ihr, dass der Begriff *Wochenende* aus dem Englischen übernommen wurde und aus der ersten Hälfte des 19. Jahrhunderts stammt?«, erklärte Jonny.

»Ich war mit meiner Mutter im Naturkundemuseum«, ließ Dee-Dee über ihr iPad ausrichten.

Ich sagte nichts, weil ich gerade darüber nachdachte, wohin ich mit Junior nach der Schule gehen könnte.
In der Lerngruppe ging es immer um die richtige Lernmethode, also die Art und Weise, wie man sich Dinge aneignet und Aufgaben erledigt. Flip hatte für *Lernmethode* die Kurzfassung *Lerntod* eingeführt. Der Grund war folgender: Zu Beginn jeder Stunde mussten wir alle unsere Notizbücher vorzeigen, die Mr Fanucci uns am ersten Tag gegeben hatte. In diese Notizbücher sollten wir jede einzelne Hausaufgabe für jede einzelne Unterrichtsstunde aufschreiben, damit wir nichts vergessen würden. Hinter jeder Zeile gab es Kästchen zum Ankreuzen. Eines dafür, wenn wir die Hausaufgabe bereits erledigt hatten, ein anderes Kästchen, wenn es noch Fragen dazu gab, ein weiteres, wenn wir kaum noch Zeit für die Aufgabe hatten …
Mit anderen Worten – es war T-O-D-langweilig.
Irgendwie fühlte sich der Förderunterricht so an, als bekämen wir zusätzlich zu all den Hausaufgaben noch einmal drei Extrastunden obendrauf, in denen wir über diese Hausaufgaben nachdachten, über diese Hausaufgaben redeten und etwas zu diesen Hausaufgaben aufschrieben. Und das alles war genauso langweilig wie die Hausaufgaben selbst.
Nicht, dass ihr mich falsch versteht. Ich hatte ja gar nichts dagegen, besser in der Schule zu werden. Ich hatte nur keine Lust auf Wagenladungen voll Zusatzaufgaben. (Mr Fanucci sagt immer, es seien keine zusätzlichen Aufgaben, sondern

eine zusätzliche Hilfe. Natürlich *muss* er das sagen, er ist schließlich unser Lehrer.)

Aber das war noch nicht einmal das Schlimmste an diesem Förderunterricht.

Das Schlimmste daran war, dass wir uns im Arbeitsraum der Bibliothek trafen – denn von der Bibliothek aus war dieses Zimmer durch eine riesige Glasscheibe einsehbar. Was im Klartext hieß, dass jeder, der sich während der vierten Stunde in der Bibliothek aufhielt, uns »Sonderschüler« da drinnen mit Mr Fanucci sitzen sehen konnte. Es war in etwa so, als würde man die vierte Unterrichtsstunde im Zoo verbringen. Auf der *anderen* Seite der Gitterstäbe.

Mr Fanucci sagte, wir sollten uns über die anderen Kinder keine Gedanken machen und dass sie uns nicht einmal halb so viel anstarrten, wie wir glaubten. Seiner Meinung nach lagen die Menschen zu 99 Prozent falsch mit den Vermutungen, was andere Leute über sie dachten.

Aber wenn ihr mich fragt, schätzten wir das Ganze goldrichtig ein.

Und an jenem Montag, gleich nach dem Förderunterricht, bekam ich auch prompt den Beweis dafür geliefert.

KAPITEL 13

DUMM – DÜMMER – MILLER?

Ratet mal, wer in der Bibliothek saß, als ich aus der Lerngruppe kam?

Miller der Killer, wer sonst … Er hockte vor einem der Computer und hatte die Schwachkopf.com-Website aufgerufen – oder was auch immer ihn da gerade beschäftigte. So sehr interessierte mich das gar nicht. Hinter dem Tresen für die Ausleihe saß wie immer Mrs Seagrave, die nicht umsonst »Bibliotheksbulldogge« genannt wird. Um für Ruhe zu sorgen, würde sie dir sogar den Kopf abbeißen.

Genau in dem Moment, in dem ich mich unauffällig verdrücken wollte, schob Miller seinen Stuhl nach hinten. Dann stellte er sich wie ein großes, dampfendes Ausrufezeichen zwischen mir und der Tür auf.

»Was geht ab, Khatchadorian?«, fragte er.

Mir fiel auf, dass er mich diesmal nicht Khatcha*doof*ian genannt hatte, aber selbst das erschien mir eher beunruhigend.

»Lass mich vorbei, Miller, ich muss los«, sagte ich, als ob es irgendetwas bringen würde.

»Was für 'n Unterricht findet denn *da* drin statt?«, fragte Miller und zeigte auf den Arbeitsraum. Er hatte es gerade laut genug gesagt, dass die anderen Kinder an den Computern, nicht aber Mrs Seagrave ihn hören konnten.

»Der Förderunterricht«, erwiderte ich und versuchte erneut, mich an ihm vorbeizudrücken. »Lass mich durch.«

»Förderunterricht? Was ist das denn?«, fragte er, diesmal etwas lauter. Mittlerweile sahen einige Schüler zu uns herüber.

»Du weißt genau, was das ist«, antwortete ich.

»Ach *jaaaaaa*!«, sagte Miller, als wäre es ihm gerade wieder eingefallen. »Ich schätze, das bedeutet …«

»MR MILLER, WIR SIND HIER NICHT BEIM KAFFEEKRÄNZCHEN«, brüllte Mrs Seagrave. »UND MR KHATCHADORIAN, HAST DU NICHTS BESSERES ZU TUN?« (Ich schwöre, sie ist die lauteste Bibliotheksangestellte, die ihr jemals erlebt habt.)

Bulldoggen können hin und wieder ganz hilfreich sein. Immerhin entkam ich so aus der Bibliothek.

Trotzdem war es bereits zu spät.

Wisst ihr, zwei Dinge sind mir in Bezug auf Miller immer klar gewesen:

Zum einen war er zwar größer und Furcht einflößender als ich und konnte mich nach Belieben zusammenfalten wie einen Zollstock. Aber ich war schneller als er. Wenn es nötig war, würde ich ihm immer davonlaufen können.

Zum anderen war ich bis zu diesem Tag davon ausgegangen,

RUHE!!!
Ruhe, BITTE!

dass ich auch schlauer war als er (nicht schlau, nur schlauer als Miller – was keine große Kunst war).
Doch diese Gewissheit war nun Schnee von gestern. Jetzt, da ich in der Lerngruppe bei Mr Fanucci saß, war ich ganz offiziell der dümmere von uns beiden. Ich wusste es. Und Miller wusste es. Und das Schlimmste war, dass er wusste, dass ich es wusste.
Das alles stank zum Himmel wie ein acht Wochen alter Haufen Fischköpfe auf heißem Asphalt mitten im August.
Und vielleicht sogar noch etwas mehr.

KAPITEL 14

UNTER KÜNSTLERN

Am liebsten hatte ich den Kunstunterricht. Wir hatten zwar nur dienstags und freitags je eine Stunde Kunst, aber dafür war Ms Donatello unsere Lehrerin. Das war cool.

Als ich zum ersten Mal auf die Hills Village Middle School ging, war Ms Donatello meine Englischlehrerin gewesen. Damals hatte ich sie noch Drachenlady genannt und gedacht, dass sie mir das Leben zur Hölle machen will. (Genau wie … Na, ihr wisst schon, wen ich meine. Er reimt sich auf Schiller.)

Letztendlich aber stellte sich heraus, dass Ms Donatello ganz in Ordnung war. Sie ist neben Mom die einzige Person, die mir jemals gesagt hat, dass meine Zeichnungen gut seien. (Genau genommen sagte sie, ich sei ein talentierter Künstler, aber das klingt eher peinlich.) Außerdem war sie die erste Lehrerin, mit der mich so etwas wie eine Freundschaft verband.

In diesem Schuljahr unterrichtete sie also nicht nur Englisch in der sechsten Klasse, sondern musste auch den Kunstunterricht für meine Klasse übernehmen. Mir kam das ganz gelegen, denn sie ist im Prinzip die einzige Erwachsene an dieser Schule, die mich mag. Akuter Lehrermangel kann auch seine Vorteile haben.

In den bisherigen Unterrichtsstunden hatte sie uns all diese berühmten Kunstwerke gezeigt. Sie fand, dass jedes Kind sie kennen sollte. Wir sprachen über die Totenmaske des altägyptischen Pharaos Tutanchamun, über die *Mona Lisa*, über ein Gemälde namens *Nighthawks* (was so viel bedeutet wie »Nachtschwärmer«) des Amerikaners Edward Hopper und Andy Warhols Bild einer Dose Tomatensuppe (was ich zwar ziemlich seltsam finde, aber Ms Donatello für »bedeutend« hält). Und das war noch nicht alles.

Ich hatte den Eindruck, Ms Donatello wusste, wovon sie sprach. Und ich wusste, dass ich ihr auch etwas Persönliches anvertrauen konnte – ganz im Gegensatz zu meinen anderen Lehrern an der Hills Village Middle School.

Und so trödelte ich am Ende der Kunststunde etwas herum und packte in aller Seelenruhe meine Buntstifte zusammen. Ich wartete darauf, dass die anderen Schüler den Raum verließen, weil ich Ms Donatello etwas fragen wollte. Etwas sehr, sehr Wichtiges.

Schließlich ging ich nach vorne an ihr Pult, wo sie gerade mit einem Kohlestift zeichnete. »Ms Donatello, kann ich kurz mit Ihnen sprechen?«, fragte ich.

»Natürlich«, erwiderte sie. »Über die Hausaufgabe?«

TOMATO SOUP
von Andy Warhol
von Michelangelo
von Grant Wood
Totenmaske des Tutanchamun
von Leon~~ardo~~ ~~da Vin~~ci dem Stillen
D
Nur ein Scherz …
Die Venus von Milo (ohne Arme)
von Vincent van Gogh
von René Magritte

»Nein. Nicht wirklich. Es ist nur so, dass ich … ähm. Sie kennen mich ja jetzt schon, seit ich auf der Middle School bin, und Sie sind auch immer ehrlich zu mir gewesen.«

»Jaaa …?«

»Ich muss über etwas Bescheid wissen«, fuhr ich fort. »Bin ich dumm?«

»Wie bitte?«

»Ich weiß, das klingt merkwürdig«, erklärte ich. »Aber jetzt mal im Ernst, es kann schließlich nicht jeder ein Dr Schlaumeier sein, oder? So läuft das nun mal nicht. Es muss ja auch dumme Menschen geben. Und ich frage mich, ob Sie mich für …«

»Jetzt muss ich dich mal unterbrechen, Rafe – weil ich mit dem Wort *dumm* nichts anfangen kann«, sagte Ms Donatello. Sie schien fast ein wenig wütend zu sein. »Sieh dich mal hier im Klassenraum um. Was siehst du?«

Damit hatte ich nicht gerechnet. Um ehrlich zu sein, wusste ich gar nicht, was sie von mir wollte, und kam mir – wieder einmal – richtig dumm vor.

»Äh …«, stammelte ich, »der Fenstergriff ist kaputt?«

»Schau dir mal die Kunstwerke an«, forderte sie mich auf. Sie hatte überall Bilder an den Wänden aufgehängt, Bilder von all den Meisterwerken, die ich euch eben aufgezählt habe.

»Die Menschen, die das geschaffen haben, gehören zu den größten Künstlern aller Zeiten«, erklärte sie. »Sie haben die

Welt um sich herum mit anderen Augen gesehen als ihre Zeitgenossen. Und das bedeutet wohl auch, dass einige von ihnen anders gelernt haben als ihre Mitmenschen. Genau wie du. Ich kann dir nicht sagen, was der Begriff *dumm* überhaupt damit zu tun haben soll, aber du solltest aufhören, dir Sorgen darüber zu machen.«

»Das würde mir sehr viel leichter fallen, wenn ich nicht in Mr Fanuccis Förderunterricht gehen müsste«, entgegnete ich.

»Ja, du bist in Mr Fanuccis Lerngruppe. Aber du bist auch in meinem Kunstunterricht. Und ich erwarte Großes von dir.«

»Ach, tun Sie das?«, fragte ich nach, denn den meisten Leuten geht es mit mir genau umgekehrt.

»Natürlich«, sagte sie, als sei es das Selbstverständlichste der Welt. »Du strahlst sehr hell, Rafe. Im Innern strahlst du immer, und manchmal strahlst du auch von außen. Vielleicht strahlst du ja bei deiner Arbeit hier im Kunstunterricht, was meinst du?«

Eins muss man ihr lassen: Als ich den Kunstraum verließ, war ich in sehr viel besserer Stimmung als zu Beginn der Unterrichtsstunde.

Allerdings war mir auch aufgefallen, dass Ms Donatello meine Frage genau genommen gar nicht beantwortet hatte.

Deshalb habe ich mich weiter umgehört.

KAPITEL 15

EINE WAHNSINNSIDEE

Gegen Ende jener Woche besuchte mich Flip, und ich holte mir neben Ms Donatellos Ansicht noch eine zweite Expertenmeinung über mich ein.

»Du, Flip? Glaubst du, wir sind dumm?«, fragte ich.

»Auf jeden Fall«, sagte er.

Eigentlich brüllte er die Antwort eher, denn bei uns zu Hause war es wieder einmal ziemlich laut. Georgia und ihre Band *Die Stinker!* probten in der Garage, Oma Dotty schob den Staubsauger durchs Wohnzimmer, und Flip und ich hockten in meinem Zimmer und spielten gerade eines meiner neuesten Lieblingsspiele mit Junior. Es hieß: *Treib den Hund mit einem Laserpointer in den Wahnsinn.*

Flip hielt den Laserpointer in der Hand, während Junior durchs Zimmer tobte und versuchte, in die winzigen roten Punkte zu beißen, die plötzlich überall auftauchten – auf meiner Bettdecke … dem Teppich … an den Wänden … auf meinem Schreibtisch … auf dem Haufen schmutziger Wäsche. Was für ein tolles Spiel!

»Weshalb fragst du mich überhaupt so was?«, hakte Flip nach und richtete den Laserpointer auf mein Kopfkissen. Junior stürzte sich derart besessen auf den roten Punkt, dass ich im nächsten Moment schon die Federn durchs Zimmer wirbeln sah.
»Wegen Miller«, antwortete ich.
»Mach dir doch keinen Kopf wegen dieses Riesenbabys.« (Das war Flips Spitzname für Miller.)
»Das sollte ich aber«, erklärte ich. »Miller hatte es schon auf mich abgesehen, als noch Dinosaurier über unsere Autobahnen trampelten. Und da ich jetzt zum Förderunterricht muss, hat er noch einen Grund mehr, mich …«
»Weißt du, *was* du machen solltest?«, sagte Flip plötzlich. Alles, was Flip tut, tut er plötzlich. »Du solltest zu uns in die Footballmannschaft kommen!«
Er sagte es so, als sei das die beste Idee, die er jemals gehabt hatte. Dabei war es der größte Witz aller Zeiten. Nicht mal im Traum konnte ich mir vorstellen, Football zu spielen.
Das heißt, *vorstellen* konnte ich es mir schon – in einem Albtraum.
»Ja, Spitzeneinfall, da misch ich sofort mit«, erwiderte ich deshalb, »gleich nach meiner nächsten Marsmission.«

Ich
Äh ...

»Ich meine es todernst«, erwiderte Flip. »Wenn du Football spielen würdest, *müsste* Miller dich respektieren. Ihr wärt dann in *einer* Mannschaft.«

»Da gäbe es nur ein winziges Problemchen«, sagte ich. »WIR WÄREN DANN IN *EINER* MANNSCHAFT!«

»Genau.« Flip kapierte es einfach nicht und fuhr fort. »Ich werde Trainer Shumsky erzählen, dass dich alle nur ›Gepard‹ nennen, weil du so schnell rennen kannst.«

»Die anderen nennen mich tatsächlich ›Gepard‹?«, fragte ich beeindruckt.

»Nein. Aber wir könnten in dieser Saison einen weiteren guten Läufer gebrauchen. Der Trainer mischt ganz gerne, und schließlich sieht man im Flag-Football nicht alle Tage blitzschnelle Ball Carrier. Du musst ja nicht gleich einen Touchdown hinlegen. Solange der Drive stimmt und es nicht zu einem Fumble kommt, ist alles in Butter … Vielleicht gibst du auch erst mal den Backup.«

»Ich habe kein Wort von dem verstanden, was du gesagt hast«, stellte ich klar. Ich wusste zwar einiges über Football, aber mit diesen ganzen englischen Fachbegriffen kannte ich mich überhaupt nicht aus.

»Ich will damit nur sagen: Solange du schnell rennen kannst, wird dich der Coach bestimmt liebend gern in eine Footballausrüstung stecken«, erklärte Flip. »Das wird super!«

»Vergiss es«, sagte ich, aber Flip hörte gar nicht mehr zu – oder konnte nicht mehr zuhören. Junior schleckte gerade

leidenschaftlich sein linkes Ohr ab, als ob Bratensoße heraustropfte, und Flip lachte sich schlapp darüber.
So oder so, NIE IM LEBEN würde ich mich für eine Aufnahme in die Footballmannschaft starkmachen. Nicht in einer Million Jahren. Nicht in einer *Milliarde* Jahren.
Zumindest dachte ich zu diesem Zeitpunkt der Geschichte noch so.
Wie man sich doch täuschen kann …

KAPITEL 16

WAS HEISST HIER SÜSS?

Den endgültigen Beweis, dass er verrückt war, lieferte Flip mir kurz nach seinem wahnwitzigen Footballvorschlag.

Junior schien ihm gründlich die Ohren gesäubert zu haben, denn plötzlich setzte er sich auf und sah sich im Zimmer um.

»Wo kommt denn die Musik her?«, wollte er wissen.

»Das ist keine Musik«, erwiderte ich. Für mich sind *Die Stinker!* auch keine Band, denn das wäre eine Beleidigung für jeden echten Musiker auf dieser Welt.

»Lass uns mal hingehen«, schlug Flip vor.

»Besser nicht«, meinte ich, aber da war er schon aus dem Zimmer gestürmt. »Also gut, aber gib nicht mir die Schuld, wenn dir die Ohren bluten.«

Die Stinker! proben normalerweise in unserer Garage. Mom bringt unserem Vermieter Mr Tinker jede Woche einen Kuchen, dafür überlässt er Georgia die Garage als Probenraum. Von der Vereinbarung profitieren also sowohl der Vermieter (lecker Kuchen!) als auch meine Schwester (Möglichkeit, Musik zu machen). Wir anderen allerdings sind dadurch gezwungen, einer »Band« zuzuhören, die – seien wir mal ehrlich – nicht umsonst *Die Stinker!* heißt.

Georgia spielt E-Gitarre, hatte jedoch nie im Leben auch nur eine einzige Unterrichtsstunde. Glaubt mir – das merkt man auch, sobald sie die ersten Noten spielt (wenn man diese schrillen Töne überhaupt so nennen kann). Die anderen Bandmitglieder sind auch nicht besser.

Bisher hatten *Die Stinker!* ganze eineinhalb Auftritte. Einen davon auf dem Schulball, den anderen auf der Geburtstagsparty einer Freundin – und dort gab die Mutter des Geburtstagskindes ihnen Geld, damit sie früher als geplant aufhörten … Das ist kein Scherz! Meine Schwester mag zwar in der Schule ein Genie sein, aber eine begnadete Gitarristin ist sie ganz sicher nicht.

Als wir die Garage betraten, spielten sie gerade einen ihrer »größten Hits«, wie Georgia es immer nennt – sie scheint echten Galgenhumor zu besitzen.

Das Lied hieß »Die Quadratwurzel aus DU« (womit auch schon alles über meine Schwester gesagt wäre …) Der Text geht ungefähr so:

Du minus ich, geht uns gegen den Strich
Trennt man uns, multipliziert sich das
Leid. Doch werden wir addiert, dann
verfliegt die Zeit. Oh yeah, oh yeah.
Ich plus du ooh-ooh-ooh...

»Wer ist das Mädchen an der Gitarre?«, brüllte Flip mir ins Ohr. »Die ist süüüß!«

Ich trat einen Schritt zurück, nur für den Fall, dass er irgendeine ansteckende Hirnerkrankung hatte.

»Bah, wie eklig! Sie ist meine Schwester!«, sagte ich.

»Du hast eine Schwester?«, fragte Flip ungläubig.

»Machst du Witze?«, fragte ich zurück. »Die ist dir in der Schule wahrscheinlich schon hundertmal über den Weg gelaufen.«

»Aber wieso hast du mir nie gesagt, dass sie deine Schwester ist?«

»Keine Ahnung. Es gibt ja auch niemand gerne zu, dass er gefurzt hat, wenn es stinkt.«

Mit meinem Schweigen hatte ich ehrlich gesagt auch vermeiden wollen, dass die Leute erfahren, dass meine kleine Schwester tausendmal *klüger* war als ich. Aber das habe ich Flip natürlich nicht gesagt.

Der stand einfach nur da und lächelte Georgia an, die mittlerweile knallrot geworden war.

»Weißt du was?«, sagte er dann und bewegte den Kopf zur Musik, als ob ihm das Lied wirklich gefallen würde. »Das ist doch mal ein echt süßer Furz.«

Würg.

KAPITEL 17

EIN KLEINES BISSCHEN BERÜHMT

Als Flip an diesem Abend nach Hause gegangen war, griff ich mir meinen Bleistift und versuchte zu zeichnen. Normalerweise sprudeln die Ideen nur so aus mir heraus, an diesem Abend aber war es anders. Sobald ich einen guten Einfall für einen neuen Loser-Comic hatte, schweiften meine Gedanken ab, und ich vergaß schließlich, was ich hatte zeichnen wollen.

Junior war mir auch keine große Hilfe. Als ich ihn um einen Vorschlag bat, wedelte er nur mit dem Schwanz und sabberte auf mein Kopfkissen.

Ich weiß nicht, ob es mit dieser ganzen Miller-Geschichte zusammenhing, mit dem, was Ms Donatello mir gesagt hatte, Flips Vorschlägen oder Mr Fanuccis Lerngruppe – aber IRGENDETWAS lenkte mich ab. Vermutlich lag es an all diesen Dingen, denn die genannten vier Personen torkelten alle in meinem Kopf umher wie eine Horde Zombies in der Dunkelheit.

... erwarte einigessss von dir ...
Kiiiinder wie duuuu ...
Dooof ... ist doch Klaaaar!
Khatchadooooof-ian!!! Khatcha-dooooof-ian!

Schließlich gab ich auf und ging online. Ich loggte mich auf MyComics.de ein, um nachzusehen, ob meine Loser-Comics noch da waren oder ob die Betreiber der Website sie gelöscht hatten, weil sie sie für zu langweilig und lahm hielten.
Doch dann entdeckte ich etwas, mit dem ich überhaupt nicht gerechnet hatte.
Meine Comics waren tatsächlich angeklickt worden! Während ich mich mit Mühe und Not durch die Schulwoche gequält hatte, hatten sich einige Leute die Geschichten von Loser und Leo angesehen.
Und damit meine ich richtige, echte Menschen. Es waren nicht wahnsinnig viele, aber immerhin warteten sieben Kommentare zu meinen Comics auf mich.
Vier davon waren gar nicht mal schlecht!

Die Geschichte mit meinen Comics auf MyComics.de war damit noch nicht vorbei. Ganz und gar nicht. Nach ein paar weiteren Kapiteln werdet ihr verstehen, was ich damit sagen will. An jenem Abend aber löste das Ganze Folgendes bei mir aus:

Erstens: Ich wurde nervös. Es war ein seltsames Gefühl zu wissen, dass meine Loser-Comics nun »draußen in der Welt« waren und andere Menschen sie lesen konnten.

Zweitens: Ich war aufgeregt. Weil ... nun ja, weil meine Loser-Comics nun »draußen in der Welt« waren und andere Menschen sie lesen konnten.

Drittens: Ich konnte nicht mehr damit aufhören, mir die Kommentare durchzulesen. Die meisten davon habe ich bestimmt fünfzig Mal gelesen, den Kommentar »Die sind super, weiter so!« sicher an die hundert Mal.

Viertens: Ich wollte noch mehr zeichnen! Viel mehr! Also verbrachte ich den Rest des Abends damit, Comics zu zeichnen, sie einzuscannen und online zu stellen.

Hey, das war ich meinen eingefleischten Loser-Fans doch wohl schuldig.

Allen vieren.

LOSER
UND
LEO
IN:
WUFF!
VRRR
Hey, Leo!
Ich hab jetzt einen Hund. Er heißt Fleischklops!
Cool! Hört er schon auf Kommandos?
WUFF!

Das üben wir gerade. Fleischklops! Sitz, mein Junge!
Platz!
?

Gib Pfötchen!
WUFF! WUFF! WUFF!
Lass mich mal. Gib Pfötchen, Fleischklops!
Wie machst du das?
Ganz einfach. Ich habe jede Menge Hundekuchen dabei.

LOSER
UND
LEO
IN:
KUNST
KRITZEL
KRITZEL
KRITZEL
KRITZEL
KRITZEL
Woran arbeitest du?
An einem Kunstwerk.

KRITZEL
KRITZEL
?
Kann ich auch mal?
Klar!
KRITZEL
KRITZEL
KRITZEL
KRITZEL

Fertig!
Schon?
Yepp! Was hast du gemalt?
Die Totenmaske von Tutan... - wie auch immer.
Klasse.
Und du?
Fleischklops Lisa!
Wohl eher Mona Fleischklops!
DAS nenne ich ein Kunstwerk!

LOSER
UND
LEO IN:
KNURR!
HILFE!!!
KNURR!
KNURR!!
HILFEE!!!
Muss... Loser
zerquetschen...
Weiß...
nicht...
waruuum...

HILFE!!!
Ah! Eine Sackgasse!
Das war's dann wohl mit uns!
KNURR!!
Muss... Loser... zerquetschen... Weiß... nicht...
Waruuum...

Super!
Das war genial! Wir haben ihn einfach so ...
HILFE!!
Mal mal eine Leiter!
KNURR!

KAPITEL 18

JAGDSZENEN

Wenn ihr mich kennt, wisst ihr, wie es in meinem Leben normalerweise läuft. Immer wenn ich mich gerade einmal einigermaßen wohl in meiner Haut fühle, knallt mir irgendetwas aus heiterem Himmel auf den Kopf – RUMMS!

Oder überrumpelt mich von hinten.

Oder kommt mir auf der Schultreppe entgegen und verändert alles.

Genauso erging es mir nämlich am darauffolgenden Montag. Nachdem die Glocke zum Schulschluss geläutet hatte, stürmte ich sofort nach draußen und traf auf der Treppe – Angesicht zu Angesicht – auf Miller. Und auf Tug Vincent. Und auf Jeremy Savin. Auch bekannt unter dem Namen »Die drei Fieslinge«.

Noch bevor Miller mich Khatchadoofian nannte, wusste ich, dass etwas im Busch war.

»Was steht an, Khatchadoofian?«, begrüßte er mich.

Ich versuchte ihnen auszuweichen und weiterzulaufen, aber sie waren zu dritt, und ich war … Rafe.

»Ich hab's eilig, Miller«, sagte ich.
»Wir würden aber so gerne noch ein wenig mit dir plaudern.«
Und schon rückten mir alle drei noch etwas dichter auf die Pelle.
Es war ein Überraschungsangriff. Ich wusste nicht, was ich diesmal verbrochen haben sollte, aber es spielte auch gar keine Rolle. Wichtig war nur, mich aus meiner Schockstarre zu lösen, und zwar schnell.
Da ich immer noch vor dem Eingang stand, blieb nur der Weg zurück ins Gebäude. Also nahm ich die Beine in die Hand und rannte, ohne mich noch einmal umzusehen, nach drinnen und den Schulflur hinunter. Wenn die drei mich hier erwischten, würde Mrs Stricker ihnen zumindest Nachsitzen aufbrummen, weil sie den Boden mit meinem Blut und meinen Innereien vollgespritzt hatten. Obwohl … vielleicht würde sie ihnen dafür eher einen Orden verleihen.
»Ja, rennnnnn du nur!«, rief Miller hinter mir.
Das musste er mir nicht zweimal sagen. Ich flog nur so am Musikzimmer vorbei, kam in die große Halle, bog kurz vor dem Büro der Direktorin nach links ab und lief immer weiter. Ich hasste es davonzulaufen, aber es war vermutlich weniger demütigend als das, was diese drei mit mir vorhatten. Meine Hose klauen? Wurfübungen mit mir machen? Eine neue grausame Foltermethode testen?
Mit all diesen Bildern im Kopf erreichte ich eine unglaubliche Geschwindigkeit.

Als ich am Ende der großen Halle angekommen war, blieb mir nur noch der Weg nach draußen. Ich riss die Tür auf und lief hinter die Turnhalle. Immer wieder um irgendwelche Ecken zu rennen war das Beste, um Miller zu verwirren – genau wie vor und zurück zu laufen, rein und raus, was immer sich gerade anbot.

Ich rüttelte an der ersten Turnhallentür – sie war verschlossen!

Ich versuchte es an der zweiten – verschlossen!

Da Miller in der Zwischenzeit ziemlich aufgeholt hatte, gab ich mein taktisches Verwirrspiel auf und lief in die entgegengesetzte Richtung davon. Im nächsten Augenblick jedoch – *zack!* – rannte ich mitten in Jeremy und Tug hinein, die von der anderen Seite zur Turnhalle gelaufen waren.

Wahrscheinlich hatten sich die drei aufgeteilt, wie diese Raubvögel in *Jurassic Park*, um sich dann gemeinsam auf mich stürzen zu können.

»Lasst ihn nicht entkommen!«, rief Miller.

Einer der beiden schnappte sich meinen linken Arm. Der andere den rechten. Dann hoben sie mich vom Boden und trugen mich hinüber zu Miller, der schon auf uns wartete.

Immerhin war auch er ein bisschen außer Atem gekommen. Vielleicht hatte ihn die Rennerei ja so erschöpft, dass ich nicht gleich beim ersten Schlag k. o. gehen würde.

Andererseits: So viel Glück hatte ich normalerweise nicht.

Bitte... Bringen wir's schnell hinter uns!
Mmh, kann mich immer so schwer entscheiden...
10
23

KAPITEL 19

KEINE WAHL

Um die Wahrheit zu sagen, schlotterte ich nur so vor Angst. Allerlei Fragen schossen mir durch den Kopf: Wer wird mit Junior Gassi gehen, während ich im Krankenhaus liege? Welche Farben werden meine Gipsverbände haben? Kann ich für jeden einzelnen der vier – also für jeden Arm und jedes Bein – eine andere Farbe wählen?

»Hey, ich rede mit dir!«, brüllte Miller.

»Hä?«, sagte ich. Ich glaube, meine Augen hatte ich vorsorglich schon etwas zusammengekniffen.

»Ich hab dich gefragt, ob du immer so schnell bist.«

»Ähm, ja«, erwiderte ich, noch unsicher, ob es sich vielleicht um eine Fangfrage handelte. »Ich bin immer so schnell.«

»Flip meinte nämlich, du kommst zu uns in die Footballmannschaft.«

Oh oh oh, dachte ich nur. Darum ging es hier also. Miller wollte sichergehen, dass ich seiner heiligen Mannschaft auf gar keinen Fall zu nahe kam.

Darüber hätte er sich keine Sorgen machen müssen.

»Flip hat sich geirrt«, sagte ich deshalb. »Keine Sorge, ich werde ganz bestimmt nicht versuchen, in die Footballmannschaft zu kommen. Ehrlich.«

Miller machte einen Schritt auf mich zu. Dann noch einen. Er starrte mir direkt ins Gesicht. (Übrigens waren wir auf Augenhöhe, da meine Füße den Boden nicht wieder berührt hatten. Die Dumpfbacken hielten mich immer noch an den Armen in der Luft. Absolut hilflos wie ich war, hatte ich das ungute Gefühl, mir jeden Augenblick in die Hose zu machen.)

»Falsche Antwort«, entgegnete Miller.

»Wir könnten auf dem Spielfeld etwas Tempo gebrauchen«, erklärte Tug. »Und du hast gerade die erste Hürde zur Aufnahme in die Footballmannschaft gemeistert.«

Mein Gesichtsausdruck war ein einziges Fragezeichen.

»Und als Nächstes wirst du Trainer Shumsky davon überzeugen, dass du bei den Falken spielen willst«, sagte Miller. »Andernfalls …«

»Andernfalls was?«, fragte ich.

Miller setzte zu einem Schlag in die Magengrube an. Und ja, ich warf mich erschrocken nach hinten, als hätte jemand eine Vollbremsung hingelegt.

»Andernfalls werden wir die Dinge wieder so handhaben, wie wir sie früher gehandhabt haben«, erklärte Miller und grinste so fies wie ein Halloween-Kürbis. »Vielleicht noch ein ganz klein wenig gemeiner.«

»Ein ganz klein wenig gemeiner« hieß wohl, dass er Tug und

Jeremy mit ins Boot holen würde, aber es spielte auch überhaupt keine Rolle. Ich hatte verstanden.

»Wenn du es in die Mannschaft schaffst, werden wir keine Probleme miteinander haben«, sagte Miller.

Mit anderen Worten: Entweder ich würde Football spielen, oder ich müsste alles schlucken, was Miller (und Jeremy und Tug) mir von nun an bis zum Ende der Middle School auftischen würden – oder bis ans Ende meines Lebens, was auch immer zuerst dran wäre.

»Ihr … wollt mich also in eurer Mannschaft haben?«, fragte ich.

»Schon wieder falsch«, sagte Miller. »*Du* willst in unsere Mannschaft. Ab jetzt und bis zum Ende der Saison ist Football dein Leben. Verstanden?«

In diesem Moment ging die Turnhallentür auf, und Trainer Shumsky kam, mit ein paar anderen Spielern im Schlepptau, nach draußen. Flip war auch dabei und blickte genauso verwirrt drein wie ich.

Im selben Augenblick ließen Tug und Jeremy meine Arme los, sodass ich zu Boden fiel wie ein Sack Kartoffeln.

»Was geht denn hier draußen vor?«, fragte der Trainer. »Weshalb wärmt ihr Jungs euch nicht auf, wie ich es euch gesagt habe?«

»Khatchadorian will auch in die Footballmannschaft, Trainer!«, rief Tug.

»Und er rennt wie ein geölter Blitz«, ergänzte Miller. Dann sah er mich an. »Stimmt doch, Rafe, oder etwa nicht?«

Ich brauchte genau eineinhalb Sekunden, um mir sämtliche möglichen Antworten durch den Kopf gehen zu lassen. Und dann wurde mir klar, dass es nur eine geben konnte.

»Doch, das stimmt, Trainer«, sagte ich. »Bitte, bitte, bitte, nehmen Sie mich bei den Falken auf.«

KAPITEL 20

FOOTBALL

Wenn ihr das Buch nicht erst jetzt aufgeschlagen, sondern von vorne gelesen habt, wisst ihr ja bereits, dass ich es in die Footballmannschaft geschafft habe.

Trainer Shumsky sagte, er könne mir nicht versprechen, mich gleich beim Eröffnungsspiel der Saison einzusetzen, weil ich nicht genug trainiert hatte. Aber ich sah auch die Blicke, die er mit Co-Trainer Flynn tauschte, während ich die ersten Sprints lief. Ich glaube, dass sich all die Aktivitäten im Ferienlager Camp Wannamorra, mein Überlebenstraining in den Rocky Mountains und die Runden, die ich mit Junior durch die Stadt drehte, langsam auszuzahlen begannen.

Die Frage war nur: Wollte ich tatsächlich für die Falken spielen? Nun, ich denke, die Antwort hängt ganz davon ab, was man unter *wollen* versteht.

Einerseits war ich noch nie Teil einer echten Sportmannschaft gewesen. Zu diesem Zeitpunkt kannte ich nicht einmal alle Footballregeln. Und ich bin alles andere als eine muskelbepackte, durchtrainierte Sportskanone. Eher das Gegenteil

davon. Ihr dürft mich nicht falsch verstehen: Ich liebe Sport – solange ich ihn mit einem Controller in den Händen und der Couch unter meinem Hintern ausüben kann.

Andererseits war Football zu spielen weniger risikoreich, als es sich mit Miller zu verderben. Und mit Tug. Und mit Jeremy. Lasst es mich so ausdrücken: Wenn Flag-Football die Nummer fünf auf einer Gefahrenskala von eins bis zehn war, dann belegten diese Typen Nummer … ach, ich weiß nicht. Nummer siebzehn vielleicht.

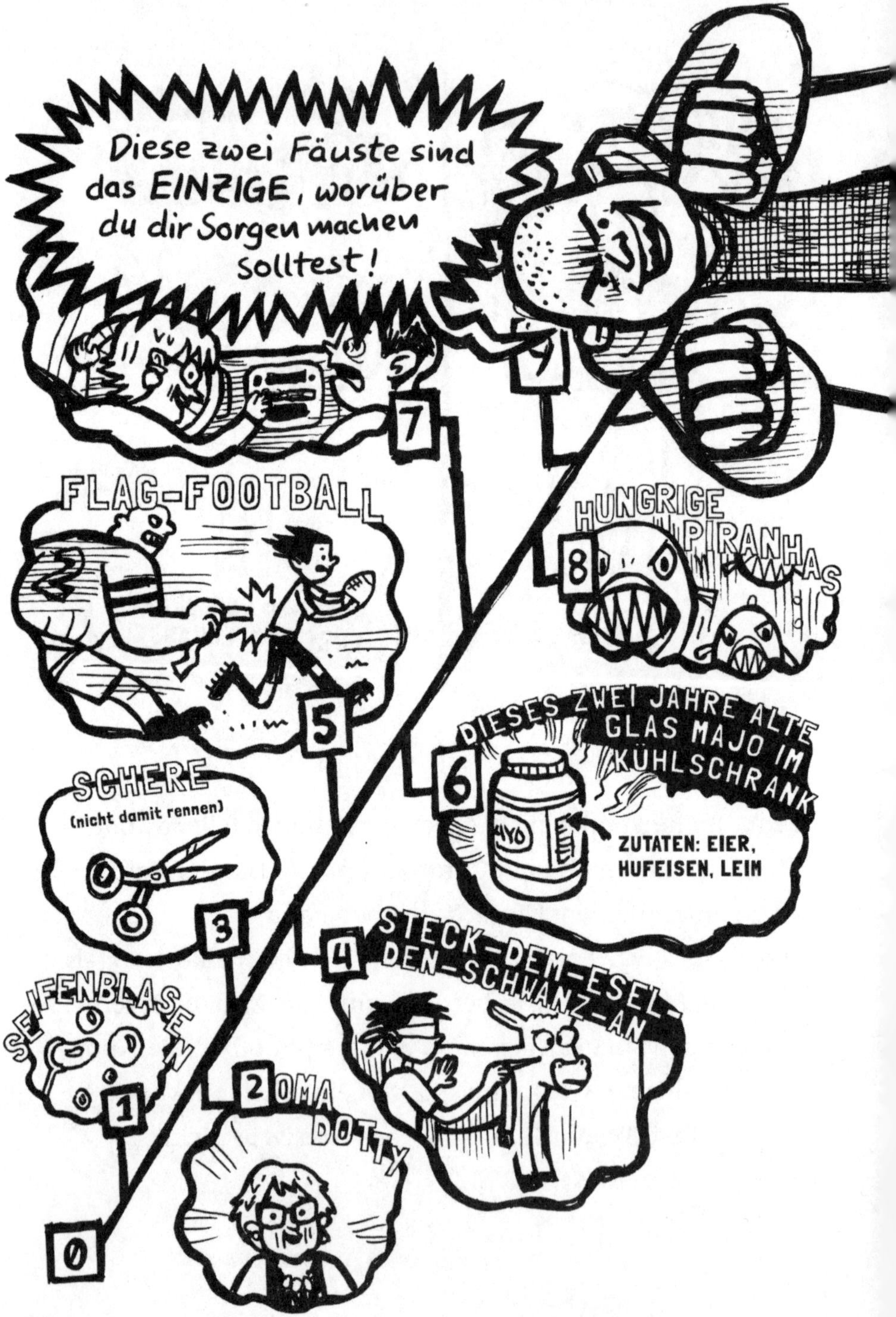

Diese zwei Fäuste sind das EINZIGE, worüber du dir Sorgen machen solltest!
9
7
FLAG-FOOTBALL
5
HUNGRIGE PIRANHAS
8
DIESES ZWEI JAHRE ALTE GLAS MAJO IM KÜHLSCHRANK
6
ZUTATEN: EIER, HUFEISEN, LEIM
SCHERE
(nicht damit rennen)
3
STECK-DEM-ESEL-DEN-SCHWANZ-AN
4
SEIFENBLASEN
1
2 OMA DOTTY
0

Wenn ich es so betrachtete, lautete die Antwort also tatsächlich: Ja, ich *wollte* sehr, sehr gerne Football spielen (das heißt, am Leben bleiben).

»Nimm das mit nach Hause!«, sagte Trainer Shumsky und drückte mir eine Einverständniserklärung sowie einige Unterlagen in die Hand. »Den Zettel lässt du dir von einem Erziehungsberechtigten unterschreiben und bringst ihn zum nächsten Training wieder mit. Und sei pünktlich!«

Flip hielt den Daumen hoch, und Miller sah mich an, als wäre ich dem Tod noch einmal von der Schippe gesprungen – was ja auch irgendwie der Wahrheit entsprach.

Trotzdem mussten noch ein paar Kleinigkeiten geklärt werden. Und eine dieser Kleinigkeiten machte mir besonders zu schaffen.

Ich musste Mom überzeugen.

KAPITEL 21

ICH GEBE ALLES

Während des Abendessens fühlte ich mich wie ein Schwindler. Nun ja, fast.

Ich wollte Mom nicht anlügen, aber wenn ich ihr gestand, weshalb ich bei den Falken mitspielen *musste,* würde sie die Einverständniserklärung vermutlich nie unterschreiben. Stattdessen würde sie mir einen Vortrag darüber halten, dass man angeblich »immer die Wahl hat«. Und dann würde sie schnurstracks zu Trainer Shumsky stiefeln oder zu Mrs Stricker – oder was noch schlimmer wäre: zu Millers Eltern. So oder so würde ich im Handumdrehen ganz oben auf Millers Hassliste landen.

Ich musste die Angelegenheit kreativ angehen.

»Das kommt alles so plötzlich«, sagte Mom. »Du hast doch noch nie Interesse an Football gezeigt.«

»Ich hatte ja auch noch nie einen besten Freund, der Football spielt«, entgegnete ich – das war die Wahrheit.

»Aber was ist mit dem Unterricht, Schatz? Du hast deine regulären Kurse und musst auch noch in die Lerngruppe gehen …«

»Flip ist auch im Förderunterricht. *Und* er spielt Football«, warf ich ein. Und auch das war die Wahrheit.

Mom sah mich an wie ein Detektiv, der einen zwielichtigen Verdächtigen zum Reden bringen will. »Ich weiß nicht recht, Rafe. Irgendwie habe ich den Eindruck, dass du mir etwas verschweigst.«

In diesem Moment hätte ich am liebsten geantwortet: *WEIL ES NOCH TAUSEND ANDERE DINGE GIBT, VON DENEN DU KEINEN BLASSEN SCHIMMER HAST!* Ich erzählte ihr nichts von meiner blöden Abmachung mit Miller, aber genauso wenig erzählte ich ihr, wie dumm ich mir durch den Förderunterricht vorkam. Oder dass ich für Mädchen anscheinend unsichtbar war. Oder dass mich die meisten Schüler an der Hills Village Middle School immer noch für einen genauso großen Versager wie meinen Comic-Loser hielten.

Ich weiß nicht, wie lange ich Moms forschendem Blick noch standgehalten hätte, aber glücklicherweise mussten wir das auch nicht herausfinden. In diesem Augenblick nämlich klingelte es an der Tür. Ich war gerettet!

»ICH GEH SCHON!«, schrie Georgia und warf bei dem Versuch, als Erste zur Haustür zu kommen, beinahe ihren Stuhl um. Meine Schwester *liiiebt* es, immer und überall die Erste zu sein – ob es nun darum geht, die Haustür zu öffnen, ans Telefon zu gehen oder die beste Mathearbeit zu schreiben.

Eine Sekunde später kam sie zurück in die Küche. »Rafe, dein Lehrer steht vor der Tür.«

»Hä?« Sofort machte sich ein flaues Gefühl in meiner Magengegend breit. Wenn sich ein Lehrer die Mühe macht, extra zu dir nach Hause zu kommen, ist das immer ein schlechtes Zeichen. Mir schoss nur ein Gedanke durch den Kopf: *Was habe ich angestellt?*

Eigentlich war ich davon ausgegangen, dass es sich um Ms Donatello handelte, aber als Mom und ich zur Haustür gingen, wartete dort Mr Fanucci auf uns.

»Hallo, Rafe«, sagte er und streckte mir mein Notizbuch aus der Lerngruppe entgegen. »Das hast du heute im Unterricht vergessen.«

Ich weiß nicht, ob ihm aufgefallen war, dass ich das Wort *Lernmethoden* zu Flips *Lerntod* hatte zusammenschrumpfen lassen. Sauer schien er jedenfalls nicht zu sein.

»Das ist aber nett von Ihnen«, sagte Mom. »Die Mühe hätten Sie sich wirklich nicht machen müssen.«

»Es ist wichtig, dass Rafe sich jeden Abend Zeit für das Notizbuch nimmt«, sagte Mr Fanucci.

Mom warf mir einen ihrer *Hab ich's nicht gesagt*-Blicke zu. Dann sagte sie: »Wir sprachen gerade davon, wie wichtig es für ihn ist, in der Schule am Ball zu bleiben. Nicht wahr, Rafe?«

»Vielen Dank, Mr Fanucci«, meinte ich. Ich wollte diese Begegnung möglichst schnell über die Bühne bringen, aber Mom redete immer weiter.

»Ich bin sehr froh, dass Sie da sind, Edward. Rafe hat mich um die Erlaubnis gebeten, Football zu spielen. Ich habe ihm gesagt, dass ich das für keine gute Idee halte.«

Ich wusste, was Mom im Schilde führte – sie suchte Unterstützung. Mr Fanuccis Reaktion jedoch überraschte mich vollkommen.

»Ich bin der Ansicht, dass es den meisten meiner Schüler guttut, wenn sie sich auch außerhalb des Stundenplans bei einer Gruppenaktivität engagieren«, sagte er. »Und Football könnte ein großartiger Ausgleich für dich sein, Rafe. Aber es ist natürlich keine Option, wenn deine Mutter es im Augenblick für eine schlechte Idee hält.«

»Das ist es nicht«, entgegnete Mom. »Ich will nur nicht, dass seine schulischen Leistungen darunter leiden.«
Mr Fanucci setzte sein breitestes Lächeln auf. »Dafür bin *ich* ja da«, sagte er.
Auch Mom lächelte jetzt. Und ich stand einfach nur herum.
»Wie wär's, wenn Sie dem Ganzen eine Chance geben würden – vorläufig?«, sagte Mr Fanucci.
»Wie ist das gemeint?«, wollte ich wissen. Ich hatte zwar das Gefühl, dass wir auf dem richtigen Weg waren, aber bevor ich wieder irgendetwas missverstand, hakte ich lieber zweimal nach.
»Es bedeutet, dass du Football spielen kannst, solange deine Noten es erlauben. Werden deine schulischen Leistungen schlechter, müssen die Falken wieder ohne dich auskommen. Und ich werde dir dabei helfen, dass es gar nicht erst so weit kommt«, erklärte Mr Fanucci.
»Damit kann ich leben«, sagte Mom. »Wie sieht's bei dir aus, Rafe?«
»Klingt nach einer guten Lösung«, antwortete ich, denn was hätte ich sonst sagen sollen?
Der erste Spatenstich für ein Erdloch mit Miller dem Killer war bereits gesetzt. Jetzt blieb mir nichts anderes übrig, als immer weiterzugraben, nicht zurückzuschauen und auf ein Wunder zu hoffen.
Ach, was sollte schon schiefgehen ...?

KAPITEL 22

PEINLICH, PEINLICH …

Dieses Kapitel ist mir ziemlich unangenehm, aber was sein muss, muss sein. Bevor ich Football spielen durfte, hatte ich nämlich noch einiges zu erledigen. Und dabei ging es im weitesten Sinne um Naturwissenschaften.

Na gut, es ging um Biologie.

Also schön, ja, es ging um Dinge, die in der *Pubertät* so passieren. (Sag ich doch: peinlich! Wenn ihr wollt, könnt ihr dieses Kapitel überspringen.)

Ich weiß nicht, ob es so etwas an eurer Schule auch gibt, aber an der Hills Village Middle School muss man sich medizinisch untersuchen lassen, wenn man bestimmte Sportarten ausüben will. Sportarten, die mit viel Körpereinsatz verbunden sind und bei denen es ziemlich ruppig zugehen kann. Bei diesen Untersuchungen wird dann geprüft, ob man zum Beispiel im Football schon gegen Schüler antreten kann, die größer sind als man selbst. Und mit größer meine ich reifer. Und mit reifer meine ich diese Kerle, die schon im Stimmbruch sind. Oder denen schon Haare unter den Armen wachsen. Lauter solche Sachen.

Wenn ich es mit dem Footballspielen ernst meinte, musste ich also diese Untersuchung über mich ergehen lassen. Was immer das bedeuten mochte.

Nein, ich werde euch *nicht* erzählen, was genau hinter dieser Tür geschehen ist … Wichtig ist nur, dass die Krankenschwester Mom anschließend bestätigte, dass ich Football spielen dürfte. Von dieser Seite aus stand meiner Sportkarriere also nichts im Weg!

Die Peinlichkeiten jedoch waren noch nicht vorbei. Es gab nämlich *noch* etwas richtig Unangenehmes zu erledigen.

Nach der medizinischen Untersuchung fuhr Mom mit mir zum Einkaufszentrum. Dort gingen wir in ein großes Sportgeschäft, um einen Mundschutz und … einige andere Dinge zu kaufen.

Merkt euch eins: Wenn ihr es IRGENDWIE verhindern könnt, geht nicht mit eurer Mom los, um so etwas zu kaufen!

Als wir aus dem Einkaufszentrum zurückkamen, wollte Mom wissen, ob ich noch Fragen dazu hätte, wie man diese Dinger anlegt. Ich habe gar nicht darauf reagiert, sondern mir sofort die Einkaufstüte geschnappt und das Weite gesucht.

Um die Wahrheit zu sagen, wusste ich nicht so genau, wie das mit diesem sogenannten Suspensorium funktionierte. Aber wenn ich es nicht allein hinbekäme, es anzuziehen, konnte ich immer noch Flip fragen (natürlich nur, wenn sonst niemand zuhörte).

Vielleicht würde ich aber auch in dem Fall … lieber die Klappe halten.

KAPITEL 23

SCHONZEIT

In der Footballmannschaft zu sein hatte auch seine *guten* Seiten.

Als ich am nächsten Morgen an meinem Spind stand, lief Miller an mir vorbei. Er hat mir weder die Bücher aus der Hand geschlagen noch meinen Kopf in den Spind gesteckt. Er ist einfach nur an mir vorbeigegangen.

Falls ihr nicht nachvollziehen könnt, was daran so erstaunlich ist, stellt euch einfach einen afrikanischen Löwen vor. Hungrig streift er durch die Savanne und hält nach etwas Fressbarem Ausschau. Plötzlich sieht er eine Gazelle an ihrem Spind stehen … äh … am Wasserloch, meine ich. Dieser Löwe hat wirklich einen Mordshunger – man sieht es in seinen Augen –, und normalerweise gibt es für ihn nichts Tolleres, als den Tag mit ein paar leckeren rohen Gazellenspießchen zu beginnen.

Heute aber … heute tapst der Löwe einfach weiter, so als hätte er zur Abwechslung mal Appetit auf ein Zebra. Oder einen Springbock. Oder auf irgendetwas anderes. Und die Gazelle ist derart überrascht von seinem Verhalten, dass sie beinahe ohnmächtig wird.

Ja. *Genauso* unnatürlich und verrückt hat es sich für mich in diesem Moment angefühlt.

Trotzdem fragte ich mich, ob es vielleicht nur Zufall gewesen war. Vielleicht hatte Miller mich gar nicht wahrgenommen.

Aber als ich nach dem Förderunterricht durch die Bibliothek lief, geschah etwas Ähnliches. Miller saß wie üblich vor seinem Computer, rührte sich aber nicht. Ich war mittlerweile etwas wagemutiger geworden und wollte das Risiko eingehen.

»Hey, Miller«, sagte ich.

»Hey«, grüßte der zurück und nannte mich noch nicht einmal Khatchadoofian. Stattdessen starrte er weiter auf seinen Bildschirm. (Vielleicht las er sich auch irgendetwas durch, aber das bezweifle ich. Wir reden hier schließlich von *Miller*.)

Beim Mittagessen saß ich mit Flip zusammen, und es gelang mir tatsächlich, alle meine Pommes aufzuessen, ohne dass sie mir Miller vom Tablett geklaut hätte.

Aus der Jungentoilette konnte ich unbehelligt wieder hinausspazieren, ohne dass mich jemand mit der Unterhose an einem Haken aufgehängt hätte.

Im Sportunterricht stand mal wieder eine Runde Völkerball an (dieses Spiel liebt unser Sportlehrer Mr Lattimore ganz besonders!), und Tug Vincent wählte mich als Zweitletzten in seine Mannschaft. Als Zweitletzten – nicht als *Letzten*! Ich glaube, selbst Mr Lattimore war überrascht.

Ich nehme Khatchadorian.
Echt jetzt??
Was?!
Sieht spitze aus!
Ich weiß!

Alles in allem war dies der beste, der leichteste Tag, den ich je an der Middle School verbracht hatte. *Daran könnte ich mich gewöhnen,* dachte ich. Wichtig war nun, dass alles so blieb, wie es war. Koste es, was es wolle.

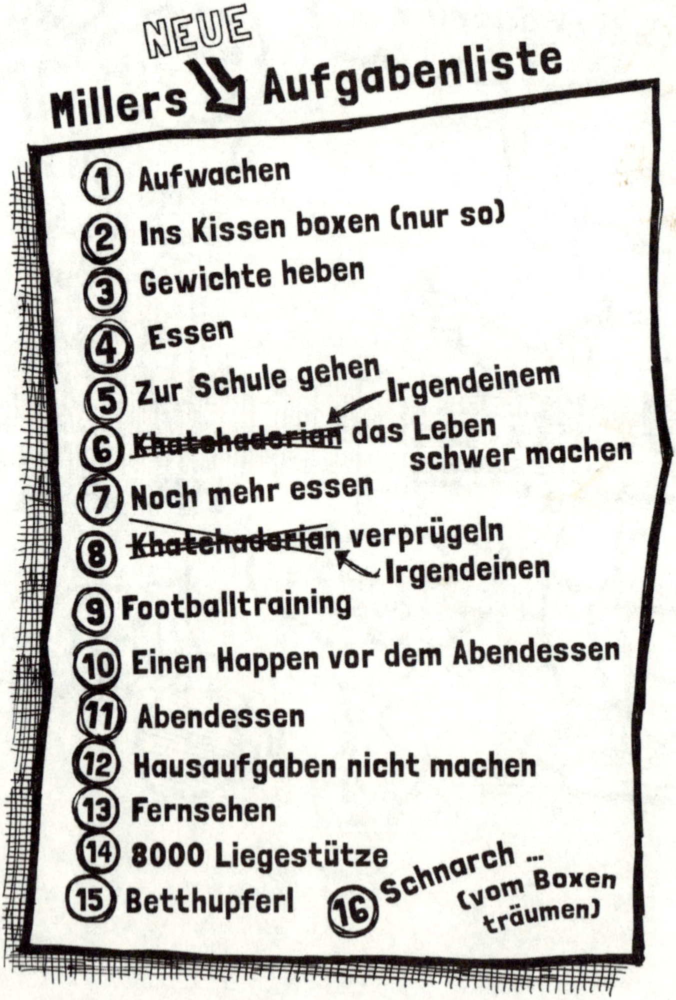

KAPITEL 24

VOLLKOMMEN FIX UND FERTIG!
~~ÜBUNG MACHT DEN MEISTER~~

Dann kam der Tag der Abrechnung: mein erstes richtiges Footballtraining. Flip hatte mir zwar schon erzählt, was mich alles erwarten würde, aber ich war trotzdem ziemlich aufgeregt. Wie sich herausstellte, hatte ich auch allen Grund dazu. Es sollten zwei der härtesten und verschwitztesten Stunden meines Lebens werden.

Um uns aufzuwärmen, machten wir zunächst ein paar Hampelmänner. Dann Dehnübungen. Dann Liegestütze. Und *danach* mussten wir noch vier Runden um den Sportplatz rennen. Das sind immerhin gut eineinhalb Kilometer – also eine recht lange Strecke. Ich bin zwar ziemlich schnell, aber nicht über eine solche Distanz. Als ich mit meiner vierten Runde *begann*, hatten die meisten anderen ihre schon beendet.

Das Schlusslicht zu bilden ist vor allem aus einem Grund problematisch: Da die anderen schon eine Weile darauf warten, dass es endlich weitergeht, fällt die Pause für den Langsamsten, der sie am nötigsten hätte, gleich ganz aus.

Nach dem Aufwärmen übten wir Startpositionen. Ich hatte ja keine Ahnung, auf wie viele verschiedene Arten man sich aufstellen konnte und wie schwierig es war, aus diesen Positionen schnell wieder herauszukommen, um loszurennen.
Flip meinte, ich hätte den Dreh bald raus, aber ich wurde nur immer müder und hungriger.
Das Training jedoch war noch nicht zu Ende. Shumsky teilte uns in Gruppen auf: Verteidigung und Angriff. Da ich schnell rennen konnte, wurde ich dem Angriff zugeteilt, also der Mannschaft, die zu Beginn eines Spielzuges im Ballbesitz ist. Den Rest der Stunde übte ich, meine Startposition einzuneh-

men … loszurennen … einem Haufen sich bewegender Körper auszuweichen … nach einem Ball Ausschau zu halten, der *von hinten* kommt … und, was am *wichtigsten* war, zu verhindern, dass mir jemand das Fähnchen aus dem Gürtel zog. Für alle diejenigen unter euch, die Flag-Football noch nicht kennen: Er wird beinahe genauso gespielt wie der richtige American Football, nur dass man dabei diesen Gürtel trägt, in dem zwei Fähnchen stecken. Gelingt es einem Spieler der anderen Mannschaft, dir ein Fähnchen aus dem Gürtel zu ziehen, entspricht das dem sogenannten Tackling des American Football (also einem körperlichen Angriff, bei dem man zu Boden fällt). Die Sache mit den Fähnchen ist zwar nicht so schmerzhaft wie ein Tackling (deshalb spielen wir diese Fähnchen-Version ja in der Middle School), aber auch nicht einfach. Ganz im Gegenteil!

Als ich das erste Mal einen Pass fing, war ich so perplex, dass ich vergaß loszurennen. Keine halbe Sekunde später – *fwapp!* – hatte sich jemand eins meiner Fähnchen geschnappt.

Bei meinen nächsten vier Versuchen, einen Pass zu fangen, lief es auch nicht prickelnd. Beim ersten Mal ließ ich den Ball wieder fallen. Beim zweiten Mal landete er in meinem Gesicht. Beim dritten Mal ließ ich ihn wieder fallen. Und beim vierten Mal habe ich ihn gar nicht erst erwischt.

Aber dann, als ich endlich einmal wieder einen Pass *fing*, war ich bereit …

HIER LANG RENNEN
FANG!
AUSWEICHEN
UMDREHEN
VORSICHT BEI DIESEM TYPEN
AUSWEICHEN
FÄHNCHEN BIS AUFS BLUT VERTEIDIGEN
RENNEN!!
DIESEN TYPEN AUSWEICHEN

Blitzschnell drehte ich mich um, wich erfolgreich Simon Bradtmiller aus, machte noch zwei Schritte vorwärts und …

FWAPP!

Der Trainer pfiff und rief: »Okay, okay, und weiter geht's.«

Als ich mich umdrehte, stand Miller dort mit einer meiner Fähnchen in der Hand und starrte mich mit dieser ganz speziellen Miller-Miene an. Seine Miller-Miene setzt er normalerweise auf, wenn etwas noch Schlimmeres folgt, zum Beispiel die Miller-Faust.

»Du musst besser werden«, sagte er. »Viel, viel besser, und zwar schleunigst. Ansonsten lasse ich unsere Abmachung platzen.«

Da er seinen Mundschutz trug, klang das Ganze mehr wie »Du mutht bether wern … Fiel, fiel bether, un swaa schleunitht. Anthonthen lathe ith unthere Abmathung plathn.«

Trotzdem verstand ich, was er meinte. Diese ganze Geschichte hier würde erst einmal noch viel härter werden, bevor es leichter für mich würde.

Das heißt, *falls* es überhaupt wieder leichter für mich würde.

Und dieses *falls* übertönte in meinem Kopf plötzlich alles andere.

KAPITEL 25

EINE ÜBERRASCHENDE EINLADUNG

Und, was meinst du?«, fragte mich Flip, als wir zusammen über den Schulparkplatz liefen. »War doch klasse, oder?« Dabei gab er mir einen »Klaps« auf den Rücken, der mich fast vornüberkippen ließ.

Ich war total kaputt. Nach dem langen Training fühlte ich mich wie ein ausgewrungener Waschlappen, aber zugegeben habe ich es nicht. Stattdessen konzentrierte ich mich darauf, geradeaus zu laufen.

»Das war … äh … auf jeden Fall«, stotterte ich.

»Dann bist du also ab jetzt dabei? Wusst ich's doch«, sagte Flip.

»Klar«, erwiderte ich. »Keine Frage.«

Von der Abmachung mit Miller hatte ich ihm nichts erzählt, es war mir einfach zu peinlich. Außerdem ging Flip immer noch davon aus, dass ich *seinetwegen* zu den Falken gekommen war.

»Hast du Lust, am Freitag bei mir zu übernachten?«

»Ernsthaft?«, fragte ich. Ich war noch nie von jemandem zu einem Übernachtungsbesuch eingeladen worden. Ich hatte auch noch nie einen besten Freund gehabt – es sei denn, man zählt Leo dazu. Und Leo ist zwar ein cooler Typ, aber … ihr wisst schon … imaginär.
»Klar«, meinte Flip. »Wir könnten auch zusammen trainieren, du weißt schon, unsere Beweglichkeit verbessern, Fangen und all das Zeugs.«
Das war Flips nette Art, mir zu sagen, dass ich zwar schnell war, in allen anderen Football-Disziplinen aber ein wenig hinterherhinkte. Gnadenlos hinterherhinkte, um genau zu sein. Flip wusste, dass ich mehr Training brauchte. Und jetzt wusste ich es auch.
»Klingt gut«, stimmte ich zu.
»Du kannst Junior mitbringen«, schlug er vor. »Ich hab da so eine Idee.«
»Was für eine Idee?«
»Du wirst schon sehen.«
»In Ordnung«, sagte ich. »Und, Flip? Danke.«
»Kein Problem«, erwiderte er. Flip hatte leicht reden. Er war zur einen Hälfte ein ganz normales Kind, zur anderen eine Maschine.
Was mich anging, so würde das Footballtraining ganz sicher noch ein Problem werden.
Ein schweißtreibendes.

KAPITEL 26

DIE KUNSTHAUSAUFGABE

Obwohl ich mich vom Training wie zerschlagen fühlte, musste ich nach meiner Ankunft zu Hause noch mit dem Hund raus. Dann gab es Abendessen. Danach musste ich Hausaufgaben machen und Mom zeigen, dass ich sie in meinem Notizbuch für die Lerngruppe abgehakt hatte. Sie wollte auch meinen Aufsatz für Ms Donatello sehen.

Ja, richtig. Wir sollten einen Aufsatz schreiben – für den Kunstunterricht! Meiner Meinung nach ist das genauso sinnvoll, wie im Matheunterricht ein Seil hochzuklettern. Aber Ms Donatello hatte mich nicht nach meiner Meinung gefragt.

Die Aufgabe bestand darin, sich einen Künstler auszusuchen, einen Aufsatz über ihn zu schreiben und dann ein *würdiges* Titelblatt dafür zu zeichnen. Ms Donatello würde sowohl den Aufsatz als auch das Bild benoten.

Ich habe mich für diesen Typen namens Jackson Pollock entschieden. Er gehört zu den Lieblingsmalern meiner Mutter. Was ich an ihm mag? Pollocks Kunstwerke wirken total chaotisch, und dennoch halten ihn alle für ein Genie. Seine

berühmtesten Bilder bestehen nur aus verschiedenfarbigen Klecksen und Farbspritzern, und sie sind trotzdem zig Millionen Dollar wert.
Für das Titelblatt des Aufsatzes habe ich das Gesicht des Künstlers mit weichem Bleistift nachgezeichnet, gerade hell genug, um es auf dem Papier noch zu erkennen. Dann ließ ich Farbe aufs Papier tropfen – ich nahm verschiedene Farbtöne für die Augen, die Haare und die anderen Bestandteile des Kopfes –, um so ein Porträt zu schaffen.

Und obwohl ich so müde war, dass ich fast über meiner Farbmischpalette eingenickt wäre (mit dem Kinn im Karminrot), hat mir die Gestaltung des Titelblattes großen Spaß gemacht. Ich glaube, wenn man etwas wirklich gern macht, empfindet man es nicht als lästige Pflicht. Und das Beste war: Mom wusste sofort, welchen Maler ich hatte darstellen wollen, als ich es ihr später zeigte. Danach ging es mir richtig gut. Wirklich richtig gut.

»Ich bin stolz auf dich, Rafe«, sagte sie. »Du machst großartige Fortschritte. Und ich bin froh, dass Mr Fanucci mich überredet hat, dich Football spielen zu lassen. Ich kann es kaum erwarten, zu eurem ersten Spiel zu kommen.«

»Mmhhhmm«, war alles, was mir dazu einfiel.

»Du bist sicher schon ganz aufgeregt, weil bald die Saison losgeht?«

»Der Trainer hat mir schon gesagt, dass er mich im Eröffnungsspiel noch nicht aufstellen wird«, erklärte ich ihr. »Erwarte also nicht so viel. Ich hinke den anderen noch ganz schön hinterher.«

»Ach, den Rückstand hast du ganz schnell aufgeholt, du wirst schon sehen«, erwiderte Mom. »Mach dir keine Sorgen, Liebling.«

»Mmhhhmm«, machte ich wieder, weil ich nicht wusste, was ich sonst hätte sagen sollen. Ich meine, ich *machte* mir Sorgen, allerdings aus einem anderen Grund, als sie annahm. Die Vorstellung, irgendwann bei einem richtigen Footballspiel dabei zu sein, jagte mir eine Heidenangst ein … Mir wurde speiübel, wenn ich nur daran dachte.

Vielleicht verschwendete ich nur meine Zeit. Vielleicht war es verrückt zu glauben, dass ich diese dumme Abmachung mit Miller wirklich durchziehen könnte. Im Endeffekt würde doch alles wieder nur auf eine Ab*reibung* hinauslaufen – entweder von Miller persönlich oder von der gegnerischen Mannschaft, die mich übers Spielfeld treiben würde.

Wie üblich bestand mein Problem darin, dass ich keinen blassen Schimmer hatte, was das Richtige wäre. Auch wenn ich nicht gern Football spielte, würde ich jetzt nicht mehr ohne Weiteres damit aufhören können. Ein Rückzug aus der Mannschaft wäre für Miller ein Freifahrtschein zurück zum guten alten Rafe-Mobbing. Allerdings konnte ich mir genauso wenig vorstellen, dass es mir jemals gefallen würde … Zeichnen gefiel mir, beim Football dagegen fühlte ich mich einfach nur unwohl. Aus mir würde nie eine Sportskanone wie Flip. Und zwar nicht mal eine halb so große Sportskanone, wie er es war.

Und da ich beschlossen hatte, dass ich mit niemandem über all diese Dinge reden konnte, tat ich etwas, was ich schon eine Weile nicht mehr getan hatte. Als ich wieder allein auf meinem Zimmer war, unterhielt ich mich sehr lange mit meinem eigentlichen, meinem ursprünglich allerbesten Freund. Dem guten alten Leo.

KAPITEL 27

GANZ SCHÖN VERRÜCKT

Mir ist schon klar, dass Leo nicht wirklich existiert, aber eins kann ich euch sagen: Mit ihm hatte ich einige der besten Gespräche meines Lebens.

Das Traurige daran ist, dass der echte Leo – mein Zwillingsbruder – schon vor langer Zeit gestorben ist. Für mich jedoch blieb er auch danach irgendwie in meiner Nähe, zumindest in meinem Kopf. Mom sagt, dass Leo mittlerweile meine Muse sei, was bedeutet, dass er mich auf allerlei Ideen bringt. In der letzten Zeit war er hauptsächlich in meinen Loser-Comics aufgetaucht, aber eigentlich ist Leo immer da, wenn ich ihn brauche – egal, wie lange wir nicht mehr persönlich miteinander gesprochen haben.

»Jetzt mal ehrlich: War die Abmachung eine gute Idee, oder mache ich gerade alles nur noch schlimmer?«, wollte ich jetzt von ihm wissen.

Leo brauchte nicht einmal eine Sekunde, um mir zu antworten. Er weiß immer sofort, was Sache ist.

»Es war eine gute Idee«, sagte er. »Immerhin lässt Miller dich jetzt in Ruhe. Das ist doch super.«

»Was ist mit dem Football?«

»Was soll damit sein?«

»Ich bin mir nicht sicher, ob ich weitermachen will, aber Miller bringt mich um, wenn ich jetzt wieder aussteige. Dabei weiß ich nicht mal, ob ich überhaupt Football spielen *kann*. Wie soll es denn jetzt weitergehen?«

»Du willst wissen, wie es weitergehen soll?«

»Danach habe ich dich doch gerade gefragt.«

»Also gut. Der Plan lautet ›Nichts tun‹.«

»Was soll das bedeuten, Leo?«

»Falls du es noch nicht bemerkt haben solltest: Du bekommst gerade überhaupt keinen Ärger. Du brichst keine einzige Regel …«

»Ausnahmsweise«, ergänzte ich.

»Du *versuchst* nicht einmal, gegen irgendwelche Regeln zu verstoßen. Stattdessen spielst du Football, zeichnest an deinen Comics, hängst rum und gehst zur Schule. So etwas nennt sich Normalität, Kumpel. Entspann dich einfach.«

Für gewöhnlich ist Leo Feuer und Flamme, wenn es um neue Ideen geht. Ihm fällt immer etwas ein, wie mein Leben *interessanter* werden könnte. Und nun riet er mir, alles so weiterlaufen zu lassen? Das war mehr als verrückt.

Aber verrückt war nicht dasselbe wie schlecht. Manchmal ist es gut, etwas Verrücktes zu tun. Hin und wieder sogar *sehr* gut.

Und genau deswegen bringt mir eine Unterhaltung mit Leo mehr als alles andere. Ich weiß, dass ich jeden seiner Gedanken bereits in mir trage. Aber wenn ich auf eine ganz bestimmte Art über etwas nachdenke – zum Beispiel, indem ich mir ein Gespräch zwischen Leo und mir dazu vorstelle –, hilft mir das sehr.

Immer.

KAPITEL 28

NACHTS IM GARTEN

An diesem Abend konnte ich nicht einschlafen. Ich war todmüde, lag aber einfach nur da und starrte an die Decke.

Alles, was Leo mir gesagt hatte, klang vernünftig, und doch stimmte irgendetwas nicht. Ich wusste nur nicht, was. Tatsächlich hatte ich seit einer ganzen Weile keinen Ärger mehr gehabt, Mom war zufrieden mit mir, und Mrs Stricker schien vergessen zu haben, dass sie mich hasste.

Na gut, vergesst den letzten Teil meiner Zusammenfassung.
Gegen Mitternacht ordnete Mom an, endlich das Licht auszumachen – was ich auch tat. Aber ich schlief *trotzdem* nicht ein.
Als ich das nächste Mal auf meinen Wecker schaute, war es bereits zehn nach eins. Dann halb zwei.
Um Viertel vor zwei stand ich wieder auf.
»Junior?«, flüsterte ich. Mein Hund war immer zu allem bereit, und so legte ich ihm die Leine an und verließ das Haus.
Wir gingen allerdings nur in den Garten. Mom würde mir lebenslänglich Hausarrest aufbrummen, wenn ich um kurz vor zwei Uhr morgens durch die Nachbarschaft spazierte. Stattdessen drehten wir Runde um Runde auf der Wiese – am Ende sollten es gut 48 davon werden. (Unser Garten ist nicht besonders groß …)
Und so zog ich also mitten in der Nacht mit Junior meine Kreise und versuchte schläfriger zu werden … als mich plötzlich folgende Erkenntnis traf:
Ich war nicht glücklich.
Ich weiß, das klingt nicht gerade nach der großen Erleuchtung. Vielleicht haltet ihr mich auch für undankbar, da ich doch jetzt nicht nur einen Hund hatte, sondern auch einen besten Freund. Dankbar war ich schon dafür, aber Mom sagt, dass äußere Dinge und Lebensumstände einen innerlich nicht unbedingt glücklicher machen. (Normalerweise kramt sie diese Weisheit hervor, wenn ich mir mal wieder ein paar teure Sneakers oder ein Videospiel wünsche.)

Warum also war ich nicht glücklich? *Leo hat recht,* dachte ich, *zurzeit läuft alles ganz gut für mich, und vermutlich werde ich mich auch noch ans Footballspielen und an den Förderunterricht gewöhnen.* Da ich nicht gerade der Schlauste bin, brauchte es noch ein paar weitere Runden mit Junior, um herauszufinden, was mit mir los war: Es war der Football. Und der Förderunterricht.

Ganz genau.

Vermutlich würde ich mich daran gewöhnen können, aber hätte ich eine Wahl gehabt, würde ich weder das eine noch das andere machen. Ich hatte mich nicht entschieden, daran *teilzunehmen,* hatte aber auch keine Möglichkeit, wieder damit *aufzuhören.* Und da lag das eigentliche Problem. Abgesehen vom Zeichnen hatte ich kaum etwas in meinem Leben *selbst* in der Hand. *Das* war es, was mich unglücklich machte … und auch ein kleines bisschen wütend.

Ich stapfte weiter durch den Garten, und je länger ich darüber nachdachte, umso wütender wurde ich.

Dann geschah etwas Seltsames. Etwas gutes Seltsames. Mom hat mir mal erzählt, dass ihr die besten Ideen für ihre Bilder – Mom ist nämlich auch eine Künstlerin! – kommen, wenn sie wütend ist. Vielleicht hat die Wut auch bei mir gewirkt.

Am Anfang war da nur der Hauch einer Idee in meinem Kopf. Nein, nicht einmal das. Eigentlich dachte ich nur über all die Meisterwerke in Ms Donatellos Kursraum nach und dass sie »Großes« von mir erwartete, damit aber aufs völlig falsche Pferd setzte.

Wenn ihr mich schon länger kennt, könnt ihr euch sicher noch an meinen wirklich genialen Einfall aus dem ersten Jahr an der Hills Village Middle School erinnern – Stichwort Regelverstöße. Diese Aktion damals hatte ich mir ganz allein ausgedacht. Na schön, Leo hatte seine Finger ebenfalls im Spiel, aber er ist ja praktisch ein Teil von mir. Ich hatte das Ganze Operation R.A.F.E. genannt, was als Abkürzung für »Regele Alles Für Euch« stand. Und auch wenn ich mir deswegen einen Haufen Ärger eingehandelt hatte, so war es doch zumindest *meine* Idee gewesen. Meine Entscheidung.

Nun dachte ich darüber nach, ob ich eine derart gigantische Operation vielleicht noch einmal durchziehen könnte. Ich malte mir aus, wie cool das wäre. Und dass die Idee dazu – im Gegensatz zu meinem Einsatz in der Footballmannschaft und dem Förderunterricht – ganz allein auf meinem Mist gewachsen wäre.

Je mehr Runden ich im Garten lief, umso aufgeregter wurde

ich. Für diese Operation würde ich mich ein wenig von dem inspirieren lassen, was Ms Donatello gesagt hatte, ein wenig von R. F. Wieauchimmererheißt und sogar ein wenig von Operation R.A.F.E. Dann würde ich alles zusammen in den Mixer werfen und etwas völlig Neues daraus entstehen lassen – einen riesigen Smoothie aus Ideen.

So in etwa.

Mir war sogar schon ein richtig guter Name eingefallen: Operation K.I.M. Und falls ihr euch fragt, für was diese Abkürzung stehen soll (was ihr sicherlich tut!), hier die Auflösung:

Es war höchste Zeit, in die Gänge zu kommen.

KAPITEL 29

EIN ECHTER GENIESTREICH

Während ich Junior wieder ins Haus zurückbrachte, sprühte ich bereits vor Ideen. Ich holte einen von Moms dicken Kunstbildbänden aus dem Regal und nahm ihn mit auf mein Zimmer. Mittlerweile war mir absolut nicht mehr nach schlafen zumute. Operation K. I. M. strömte nur so aus meinen Gehirnwindungen.

Ihr wisst doch, wie mein Comic-Held Loser aussieht? Ich beschloss, dass K. I.M. genau das Gegenteil von ihm sein sollte – stinkreich, unverschämt gut aussehend und sehr, sehr diskret. Diskret deswegen, weil es sich bei ihm um einen Geheimagenten handelte. K. I. M.s Mission war es, die gesamte Hills Village Middle School mit »großer Kunst« zu beglücken.

Genau genommen würde es nicht *meine* »große Kunst« sein. Oder doch, irgendwie schon. Ihr werdet sehen.

Als Auftakt wählte ich eins von Moms Lieblingsgemälden aus – die *Sternennacht* von Vincent van Gogh. Dieser Maler war einer der Genies gewesen, über die Ms Donatello neulich gesprochen hatte. Ich schlug also diesen wahnsinnig dicken Kunstbildband auf, suchte die Seite, auf der das Gemälde abgebildet war, und legte das Buch aufgeschlagen auf meinen Schreibtisch. Dann trennte ich vier Seiten aus meinem Skizzenbuch heraus und fügte sie mit Klebeband zu einem einzigen großen Zeichenblatt zusammen.

Da ich so etwas noch nie zuvor gemacht hatte, war ich unsicher, wie viel Zeit es mich kosten würde. So oder so musste es fertig sein, bis ich in aller Frühe – direkt nach dem Hausmeister und vor allen anderen Schülern – die Hills Village Middle School betreten würde. Der Wecker zeigte bereits 2:30 Uhr, als ich mich an die Arbeit machte.

Ich holte meinen besten Zeichenstift hervor, betrachtete für eine Weile dieses wahnsinnig gute, völlig verwirbelte Meisterwerk in Moms Kunstbildband und begann zu zeichnen – die *Sternennacht* von Vincent van Gogh.

Nein, von K. I. M.

KAPITEL 30

KIM

Ich bin KIM, und dies ist mein erster Auftrag. Wünscht mir Glück.

Ach, eigentlich brauche ich gar kein Glück. Ich bin einfach gut in dem, was ich tue.

Ich muss mich beeilen und gleichzeitig sehr vorsichtig vorgehen. Dieser Hochsicherheitstrakt namens Hills Village Middle School verfügt über so viele Sicherheitssysteme wie Österreich über Berge.

Meine größte Sorge gilt meinem Erzfeind Haus M. Eister. Er ist ein Cyborg, halb Mensch, halb Maschine, und wird in diesem Gebäude als Reinigungskraft in Sicherheitsfragen eingesetzt.

Eister sorgt für Ordnung, was in diesem Fall bedeutet: Entdeckt er dich, räumt er dich gnadenlos aus dem Weg.

Ich verharre absolut regungslos in meinem Versteck, während Eister mit seinen Bewegungsmeldern, der geladenen Laserkanone und dem am Roboterarm befestigten Wischmop an mir vorbeischwebt. Noch fällt er putzend über den Boden her (der dabei nur knapp mit dem Leben davonkommt), doch bald schon könnte ich Eisters nächstes Opfer werden.

Sobald er außer Sichtweite ist, schlüpfe ich aus meinen Schuhen mit rutschfester Sohle – eine Spezialanfertigung. Glaubt mir, wenn Eister erst einmal feucht durchgewischt hat, will *niemand* derjenige sein, der die ersten Fußabdrücke hinterlässt. Dann kann man gleich seine Visitenkarte in Direktorin Strickers Postfach legen. Stricker ist die Oberaufseherin dieses Hochsicherheitstraktes und hält alle Fäden in der Hand. Sie ist zwar ein Mensch, aber doppelt so gefährlich wie Haus M. Eister. Ich habe kein Verlangen, mich auch nur mit einem der beiden anzulegen. Deshalb programmiere ich meine Schuhe so, dass sie sich in Kürze selbst zerstören und werfe sie in den Müll. *RUMMS!*

Die Luft ist jetzt rein, und ich trete wieder in Aktion. In meinen Agentensocken schleiche ich den Flur hinunter, als würde ein Geist auf Watteböllchen laufen – auf sehr, sehr weichen Watteböllchen. Oh ja, *so* diskret bin ich.

Mein Auftrag lautet, irgendwo in diesem Gebäude ein Paket abzuliefern, aber die Wahl des perfekten Ortes fällt mir schwer. Ich muss eine kluge Entscheidung treffen.

In den Toilettenräumen? Nein, zu hellhörig.

In der Bibliothek? Nein. Dort gibt es nur einen Ausgang, dieses Risiko kann ich nicht eingehen.

In der Eingangshalle? Hmm … möglicherweise. Ich wünschte, ich hätte schon darüber nachgedacht, als ich hereingekommen bin. Dann hätte ich meine extrem teuren Schuhe gar nicht erst vernichten müssen.

Als meine mit Radar ausgestattete Rolex-Armbanduhr mir mitteilt, dass die Luft rein ist, schleiche ich mich in die Eingangshalle und mache mich sofort an die Arbeit. Ich gebe den Zugangs-Code an meinem Sicherheitskoffer ein, bestätige meine Identität mit einem digitalen Daumenabdruck und öffne den Koffer. Dann brauche ich noch genau sieben Sekunden und eine Rolle Klebeband, um meine Lieferung an der Wand zu befestigen.

Das hätten wir. Paket zugestellt. Mission erfüllt.

Dann bis zum nächsten Mal – falls ihr überhaupt etwas von meinem nächsten Auftritt mitbekommt.

Denn ihr wisst ja: Ich bin stinkreich, unverschämt gut aussehend und sehr, sehr diskret.

KAPITEL 31

KUNST FÜR ALLE

In die Schule zu gelangen, kurz nachdem der Hausmeister am Morgen aufgeschlossen hatte, war leichter als gedacht. Nachdem ich meinen KIM-Auftrag erfüllt hatte, schlüpfte ich einfach wieder zur Tür raus, lief ein paarmal um den Block und war zurück, sobald die Schulbusse ankamen und die ersten Eltern mit dem Wagen vorfuhren, um ihre Kinder abzuladen.

Oma Dotty schaut sich mit Vorliebe Uralt-Krimis im Fernsehen an, zum Beispiel die Serie *Derrick* oder die Filme mit der englischen *Miss Marple*. Und eines ist sicher: Bei jeder einzelnen Folge zeigt sich der Täter entweder noch einmal am Tatort, um zu sehen, wie die anderen reagieren, oder einer der Ermittler sagt, dass man die Augen offen halten müsse, weil sich der Täter vielleicht noch mal am Tatort zeigt, um zu sehen, wie die anderen reagieren.

So kam mir die Idee, wie ich die nächste Phase von Operation K.I.M. durchziehen könnte.

Zunächst schlenderte ich in die Schule wie alle anderen auch.

Dann blieb ich neben der Tür zur Eingangshalle stehen und beugte mich über den Trinkwasserspender.
Dann kniete ich neben dem Trinkwasserspender und band mir den Schuh zu.
Dann löste ich die Schleife wieder auf, trank noch einmal aus dem Spender und band den Schuh erneut zu. (Und so ging es weiter und weiter, aber ich denke, ihr habt bereits eine grobe Vorstellung von meinem Vorgehen.)
Während Schüler an mir vorbei durch die Eingangshalle streiften und in alle Himmelsrichtungen davonliefen, lungerte ich neben dem Trinkwasserspender herum und beobachtete alles. Und lauschte.
Zugegeben, 99 Prozent der Schüler haben sich überhaupt nicht zu meinem Gemälde geäußert. Aber *gesehen* haben sie es ganz sicher. Und mindestens sechs oder sieben von ihnen gaben Kommentare zu KIM ab wie »Wer ist KIM?« oder »KIM wer?«
Meine Mission schien also erfüllt. Ich war der Einzige, der das Geheimnis kannte – ein super Gefühl.
Doch nicht nur einigen Schülern fiel mein Gemälde auf. Es dauerte nicht lange, bis auch Mrs Stricker »im Bilde« war. Ärger riecht sie nämlich zwei Kilometer gegen den Wind. Und sie spürt ganz genau, wenn plötzlich etwas an den Wänden *ihrer* Schule hängt, das am Tag zuvor noch nicht da gewesen ist.
Im selben Augenblick, in dem sie die Eingangshalle betrat,

K. I. M. WAR HIER
Das Bild habe ich schon mal irgendwo gesehen.
Was ist das?
Ziemlich cool.
Wer ist KIM?
Guck mal: Kunst!
Das bin ich!
KIM KAPUTNIK

war der Spuk auch schon vorbei. *WUSCH!* Sie hat das Bild nicht nur von der Wand gerissen, sie hat es praktisch eingeatmet wie ein Staubsauger eine Wollmaus.
Mir war das egal, da meine Mission ja bereits erfüllt war (diese zumindest). Und so machte ich auf dem Absatz meiner tadellos gebundenen Schuhe kehrt und suchte das Weite, bevor Mrs Stricker mich noch in der Nähe des Kunstwerkes entdecken würde. Nicht, dass ich damit gegen irgendeine offizielle Schulregel verstoßen hätte, aber es war besser, jetzt kein Risiko einzugehen. Ich wollte ja noch ein bisschen weiterleben.
Genau wie KIM.

KAPITEL 32

EIN SCHWEISSTREIBENDER ABEND

Am Freitag stand ich wie verabredet mit einem Schlafsack, einem Kissen, einer Zahnbürste und Junior vor Flips Haustür. Mom hatte mich gezwungen, die Zahnbürste mitzunehmen.

»Mein Dad macht gerade Hamburger mit gebratenen Speckscheiben«, sagte Flip. »Du hast dir also den perfekten Abend ausgesucht, um mich zu besuchen.«

Ich hatte mir zwar ganz und gar nichts ausgesucht, aber was soll's. Wenn das Abendessen so gut schmeckte wie es roch, würde ich es nicht bereuen, hergekommen zu sein.

Zuerst aber ließ Flip mich hart für mein Essen arbeiten und zwar im Garten hinter dem Haus.

Das Training begann damit, dass wir uns gegenseitig Bälle zuwarfen, um Fangen zu üben. Flip zeigte mir, wie ich dabei meine Fingerspitzen einsetzen konnte und den Ball im Auge behielt. Den Tipp, man solle den Ball im Auge behalten, hatte ich schon ungefähr eine Million Mal im Leben gehört.

Aber wisst ihr was?
Diese Methode funktioniert tatsächlich, wenn man einen Ball fangen will.

»Wir könnten das Ganze jetzt noch ein kleines bisschen interessanter gestalten«, sagte Flip schließlich und verschwand in der Küche, wo sein Vater das Abendessen zubereitete. Eine Minute später kam er mit einem Stück Küchenpapier wieder heraus, in dem irgendetwas eingewickelt war. Außerdem hatte er eine Rolle silbernes Klebeband dabei.
»Hier riecht's nach gebratenem Speck«, sagte ich.
»Das könnte eventuell an dem gebratenen Speck liegen, den ich mitgebracht habe«, erwiderte Flip. Junior sprang unterdessen auf und ab, um an das Küchenpapier-Päckchen zu gelangen, das Flip in die Höhe hielt.
»Du weißt ja mittlerweile, wie Flag-Football funktioniert, stimmt's?«
»Jaaa …«, antwortete ich zögerlich.
»Und dann gibt es da noch das Spiel *Treib den Hund mit einem Laserpointer in den Wahnsinn*, richtig?«, fuhr Flip fort. »Wir kombinieren jetzt einfach beides miteinander. Statt den Fähnchen benutzen wir Speckstreifen. Und anstelle des Laserpointers kommst du ins Spiel.«
»Häh?!?«

»Dreh dich mal um und heb die Arme«, bat mich Flip. Kurz darauf hingen vier mit Klebeband befestigte Scheiben Schinkenspeck an meinem Körper. Das also sollten meine Fähnchen sein. Junior sabberte bereits derart gierig vor sich hin, dass Flip ihn festhalten musste.

»Du wirst einmal quer durch den Garten rennen, den Baum da hinten berühren, dann einmal um die Kiefer laufen, über den Stein dort klettern und wieder zurückkommen, ohne dass Junior etwas von dem Speck erwischt«, erklärte Flip. »Alles verstanden?«

Das war typisch für Flip. Er ließ sich immer gerne etwas einfallen, das wahnsinnig komisch und zugleich auch ganz schön clever war. Natürlich hätten wir das Ganze auch ohne gebratenen Speck durchziehen können – oder ohne Junior –, aber so würde es tausendmal lustiger werden.

Flip zählte von drei an rückwärts, und im nächsten Moment schoss ich auch schon durch den Garten. Junior blieb mir dicht auf den Fersen, sprang in die Luft und versuchte ständig, nach meinem »Gürtel« zu schnappen. Bis alle vier Speckscheiben verschwunden waren, hatte ich ganze fünf Runden durch den Garten geschafft. Nicht übel. Ich wusste nicht, ob ich durch diese Art Training ein besserer Footballspieler werden würde, aber zum Lachen brachte es mich auf alle Fälle. Auch Junior hatte Riesenspaß dabei.

Und der Abend hatte gerade erst begonnen.

KAPITEL 33

TRAINING MIT HORRORFILMEN

Bei all den Runden mit gebratenem Speck hatte ich nur noch mehr Hunger bekommen. Höchste Zeit fürs Abendessen! Und eins kann ich euch sagen: Flips Eltern wissen, was schmeckt. Ich verschlang zwei Hamburger mit einer Extraportion Schinkenspeck, reichlich Krautsalat und Maisbrot und gönnte mir zum Abschluss noch einen Schokoladenpudding. Großartig!

Wir sollten unten im Erdgeschoss übernachten, unterhielten uns aber noch eine ganze Weile. Flip erzählte mir, dass er Medikamente gegen seine ADHS nehmen muss (ADHS steht als Abkürzung für – ich hab es tatsächlich nachgeschlagen, als ich wieder zu Hause war – Aufmerksamkeits-Defizit-Hyperaktivitäts-Störung. Ein Monsterwort, aber keine Angst: Das müsst ihr euch nicht merken!)

Ich erzählte ihm, dass ich früher schon einmal von der Hills Village Middle School geflogen war und dass ich die Cathedral-Kunstschule, auf die ich danach gegangen war, mehr oder weniger freiwillig verlassen hatte – mit Betonung auf »mehr oder weniger«.

Es machte mir gar nichts aus, Flip einige meiner Geheimnisse zu verraten. Die allerpeinlichsten aber behielt ich weiter für mich – zum Beispiel, wie viel Angst ich vor Miller hatte oder dass ich Zeit mit meinem imaginären Freund verbrachte. Vielleicht würde ich Flip auch davon irgendwann erzählen, doch dieser Moment war noch nicht gekommen.

Dann – es war schon nach Mitternacht und Flips Eltern waren bereits schlafen gegangen – verkündete Flip, dass mein Training noch nicht vorbei sei.

»Im Football geht es hauptsächlich darum, sich seinen Ängsten zu stellen«, sagte er.

»Was meinst du damit?«, fragte ich.

Flip griff unter eines der Sofakissen und zog etwas hervor. Es war eine DVD.

»Horrorhasen II«, sagte er. »Der ist aber nichts für schwache Nerven!«

»*Horrorhasen I* habe ich nie gesehen«, gab ich zu. »Mom hält nichts davon, dass ich mir Filme ansehe, die nur für Erwachsene sind.«

»Ist bei mir nicht anders«, sagte Flip. »Deswegen werden wir den Ton ganz leise stellen. Das heißt … falls du überhaupt willst und dir nicht in die Hosen machst.«

Pfff ... Als ob ich wegen eines dummen Films Muffensausen bekommen würde, in dem mutierte Killerkarnickel ihre menschliche Beute durch die Nacht jagten. Nein, ich hatte keine Angst. Absolut nicht.

Zumindest nicht, bis der Film losging. Doch auch von meiner Angst habe ich Flip nichts erzählt.

Was soll ich sagen? Wenn ihr noch nie mitten in der Nacht vom Abendessen übrig gebliebene kalte Hamburger gemampft habt, während ihr euch zusammen mit eurem Hund und eurem besten Freund den schlimmsten Horrorfilm aller Zeiten angesehen habt ... dann habt ihr echt was verpasst!

KAPITEL 34

ICH GEHE AUFS GANZE

Obwohl ich durch das Footballtraining und meine Freundschaft mit Flip zeitlich schon ganz gut ausgelastet war, lief mein Geheimprojekt Operation K. I. M. auch in der folgenden Woche weiter.

Wichtig war mir, für jedes Kunstwerk einen neuen Ort auszuwählen. Der Trick bestand darin, den Moment abzupassen, in dem gerade niemand hinsah, und das jeweilige Bild dann so schnell wie möglich anzubringen. Als ich erst einmal damit angefangen hatte, war es gar nicht mehr so schwer.

Zum Beispiel malte ich dieses coole Bild namens *St. Georg tötet den Drachen* nach. Ich befestigte es im Geschichtsraum, und zwar auf der aufrollbaren Landkarte. Anschließend musste ich nur noch warten, bis unser Lehrer Mr Frommer begann, über das Römische Reich zu sprechen – TADA!

Oder vielleicht sollte ich besser sagen: *KUNST!*

Diesmal konnte ich einen meiner Mitschüler »Schon wieder?« sagen hören. Und ein anderer meinte: »Jetzt werde ich langsam neugierig.« Außerdem legte Mr Frommer mein Bild

auf seinen Schreibtisch, nachdem er es abgenommen hatte. Das war mir tausendmal lieber, als zusehen zu müssen, wie Mrs Stricker es »einatmete«.

Am nächsten Tag war ich dann vollends in die Operation K.I.M. eingestiegen. Ich versuchte mich an dem Gemälde *Das letzte Abendmahl* und hängte es anschließend in der Cafeteria auf. Gaaanz weit oben.

Das letzte Abendmahl … in der *Cafeteria* … Genial, oder? Bei dem Fraß, den sie uns in der Hills Village Middle School vorsetzen, kann man nämlich nie sicher sein, ob es nicht tatsächlich die letzte Mahlzeit ist.

K.I.M.
WAR HIER
Lasst bloß die Finger von den Giftkroketten.
So ein Anfänger!

Mrs Stricker wies den Hausmeister an, das Bild herunterzunehmen, aber während er das tat, waren tatsächlich ein paar Buhrufe in der Cafeteria zu hören.

Dann probierte ich etwas Neues. Ich malte die beiden Engel ab, die auf dem Gemälde *Sixtinische Madonna* von Raffael zu sehen sind (dem Künstler, nach dem meine Mom mich benannt hat, falls es euch interessiert). Von diesem Bild wiederum machte ich einen Haufen Fotokopien und verteilte sie an unterschiedlichen Orten. Die meisten Kopien haben die zweite Unterrichtsstunde nicht überlebt, aber in der Mittagspause fand ich sogar noch eine in der Jungentoilette. Und ich wusste genau, dass *irgendjemand* sie genauer betrachtet hatte, weil derjenige seine Spuren darauf hinterließ. Ich fand das überhaupt nicht schlimm.

Für Freitag fertigte ich ein Bild nach dem Gemälde *Der Schrei* von Edvard Munch an – ein toller Titel, wenn ihr mich fragt. Ich mag auch das dazugehörige Kunstwerk. Noch besser allerdings gefiel mir, was ich anschließend damit angestellt habe.

Am Ende dieser Woche hatte die Hills Village Middle School also an einem großen Rätsel zu knabbern. In der Eingangshalle hörte ich verschiedene Kommentare dazu: »Hast du gesehen, was KIM heute gemacht hat?«, »Weshalb tut er oder sie das?« oder auch »Wie kann ein Mensch stinkreich sein und gleichzeitig so umwerfend gut aussehen?« (Na gut, nur zwei dieser drei Kommentare habe ich wirklich gehört.)

Ich war mir nicht sicher, was als Nächstes geschehen würde, aber aufzuhören kam nicht infrage. Dafür machte mir das Ganze einfach zu viel Spaß. Und das Beste daran war, dass niemand auch nur den leisesten Schimmer hatte, wer hinter alldem steckte.

Das dachte ich zumindest.

KAPITEL 35

FALSCH GEDACHT?

An diesem Morgen stellte uns Ms Donatello im Kunstunterricht folgende Frage:

»Wie viele von euch haben die KIM-Bilder gesehen, die in dieser Woche überall in der Schule aufgetaucht sind?«

(Achtung, Spoiler-Alarm: Gleich wird es richtig super!)

Alle Hände gingen nach oben. (Super!) Natürlich hob auch ich die Hand, denn erstens hatte ich die Bilder ja tatsächlich gesehen, und zweitens wollte ich natürlich nicht auffallen.

»Kennt irgendjemand von euch den Titel des Gemäldes, das heute Morgen am Fahnenmast flatterte?«, wollte Ms Donatello wissen.

Keiner kannte ihn, und ich würde ihn ihr ganz sicher nicht nennen. Deshalb zuckte ich nur mit den Schultern, als hätte ich keine Sekunde darüber nachgedacht.

Dann erzählte uns Ms Donatello eine Weile von Edvard Munch, seinem Gemälde *Der Schrei* und einigem mehr. Ich kann mich nicht mehr an alles erinnern, was sie sagte, weil ich mittlerweile beinahe explodierte vor Glück. Ich genoss jede Sekunde dieser Kunststunde – und ich musste mich extrem zusammenreißen, um mich nicht durch ein breites Grinsen zu verraten.

Als der Unterricht zu Ende war, gab mir Ms Donatello jedoch etwas zum Grübeln mit auf den Weg.

»Wir sehen uns dann spätestens Dienstag, Rafe«, sagte sie. »Steck dir weiterhin hohe Ziele, versuch aber, jedem Ärger aus dem Weg zu gehen.«

Ms Donatello sagte öfter solche Sachen. Diesmal aber ließ mich die Art, wie sie es sagte, aufhorchen. Wollte sie mir etwas ganz Bestimmtes damit sagen? Hatte sie vielleicht über KIM gesprochen? War Ms Donatello sogar noch schlauer als ich dachte?

Oder war KIM nicht ganz so diskret wie ich dachte?

Oder beides?

So oder so, nach wie vor galt: Es war besser, kein Risiko einzugehen. Von nun an würde ich noch vorsichtiger sein müssen.

KAPITEL 36

ES WIRD ERNST

Ehe ich wusste, wie es mir geschah, stand das Eröffnungsspiel vor der Tür. Das erste Footballspiel der Saison! Unsere Mannschaft steckte in voller Kampfmontur. Mom war da, Mr Fanucci war da. Jeanne Galletta war da. *Alle* waren da.

Sobald wir uns aufgewärmt hatten, wurden über Lautsprecher die Mannschaften vorgestellt. Dann rannten wir Spieler von der Hills Village Middle School durch dieses riesige Papierbanner, auf dem *LOS, FALKEN!* stand. Die meisten Spieler zumindest. Ich als Frischling lief als Schlusslicht auf und stolperte daher nur noch über einen Haufen Papierfetzen am Boden. Anschließend begann das Spiel. Wenn ich ehrlich sein soll, machte es mir nicht das Geringste aus, nur ein lauschiges Plätzchen auf der sicheren Reservebank bekommen zu haben. Ich hatte Mom gesagt, sie bräuchte sich nicht die Mühe zu machen herzukommen, da Trainer Shumsky mich nicht aufgestellt hatte. Aber Mom wollte dennoch dabei sein. Und da saß sie nun zusammen mit Georgia und Oma oben auf der

Tribüne, und alle schwenkten Fähnchen, als wären sie eingefleischte Footballfans.

Wir spielten an diesem Tag gegen unseren Erzrivalen, die Southside Middle School. Niemand von uns rechnete mit einem Sieg, da die Hills Village Middle School die Southside noch niemals in irgendetwas hatte schlagen können. Und während ich so auf der Bank saß und das Spiel seinen Lauf nahm, dachte ich über diese seltsame Formulierung nach. Wie konnte man eine andere Schule – die im Prinzip nur aus Gebäuden, Rasenflächen und Parkplätzen bestand – als Erzrivalen bezeichnen?

Schließlich begann ich, mir Gedanken über den weiteren Verlauf von Operation K.I.M. zu machen. Als Nächstes wollte ich etwas Ungewöhnlicheres zeichnen, nämlich die Skulptur *Der Denker* – ein ziemlich cooles Kunstwerk von einem Typen namens Rodin. Wie ärgerlich, dass ich mein Skizzenbuch nicht dabeihatte, jetzt, da mir gerade so viele Ideen kamen und ich jede Menge Zeit hatte …

»OOOUUUHHH!«, kam es plötzlich von den Zuschauerrängen.

Als ich aufsah, wurde mir klar, dass ich bisher nicht aufgepasst hatte. Auf der Anzeigentafel stand bereits *GÄSTE: 21 – HEIM: 0.* Die Southside Middle School zog uns die Hosen runter – was für eine Überraschung.

Aber das war noch nicht alles. Auf dem Spielfeld war einiges passiert. Flip humpelte und hatte sich bei Co-Trainer Flynn untergehakt, um besser vorwärtszukommen. Tug Vincent hielt sich mit schmerzverzerrtem Gesicht den Arm. Und unser Quarterback (das ist derjenige, der den ganzen Spielablauf nach vorheriger Absprache mit dem Trainer mitgestaltet und somit eine sehr wichtige Funktion in der Mannschaft hat) Michael Alvarez hatte einen Eisbeutel auf dem Kopf.

Beim Flag-Football schien es doch rauer zuzugehen als gedacht. Ich war so in Gedanken gewesen, dass ich überhaupt nichts von all den Verletzungen mitbekommen hatte. Nun fielen drei unserer besten Spieler aus, und die gegnerische Mannschaft würde uns erst recht in die Zange nehmen. Ich hatte sofort Mitleid mit den Jungs, die der Trainer als Ersatz aufs Spielfeld schicken würde, denn so elend, wie Flip, Tug und Michael aussahen …

»KHATCHADORIAN? HAST DU MICH VERSTANDEN?«

Upps! (Ich weiß, ich bin einfach zu unaufmerksam.) Als ich dieses Mal aufsah, zeigte Trainer Shumsky mit dem Finger auf mich.

»Was ist denn los, Trainer?«, wollte ich wissen.

»Ich sag's dir nicht noch mal«, erwiderte er. »Zieh deine Jacke aus und AB AUFS SPIELFELD!«

In meinem Brustkorb schienen in diesem Moment zwei Footballspieler in voller Montur zusammenzustoßen.

»Ich?«

»Sitzt hier noch einer rum, der Khatchadorian heißt?«, fragte der Trainer.

Die Zuschauer jubelten den Spielern zu, die gerade verletzt das Feld verließen – und denen, die nun eingewechselt werden sollten. Wie *ich*!

Als ich aufstand, schoss mir nur ein Gedanke durch den Kopf: Willkommen im Footballfleischwolf.

KAPITEL 37

LOS, RAFE! LOOOOS!!!

Die Leute klatschten und johlten, als ich das Spielfeld betrat, aber davon bekam ich schon gar nichts mehr mit. In meinem Kopf war nur dieser ohrenbetäubend laute Sirenenton zu hören, der mir signalisierte: Duck dich, renn los und VERSCHWINDE VON HIER! Mir zitterten buchstäblich die Knie, und ich hatte Angst, jeden Augenblick auf den Rasen zu kotzen. Oder auf meine Schuhe. Oder auf die anderen Spieler. Oder auf alles zugleich.

Selbst wenn ich keine Verletzung davontrug, würde ich mich zweifellos bis auf die Knochen blamieren. Hier, in aller Öffentlichkeit. Vor den Augen von Jeanne Galletta.

»Trainer … ich glaube, ich schaff das nicht«, stammelte ich.

»Junge, das ist doch nur ein Footballspiel«, meinte Trainer Shumsky. »*Die* Gelegenheit für dich, dich mal richtig auszutoben und Spaß zu haben.«

»Äh … na schön …«

»Das war ein Witz«, bellte er plötzlich. »Los, aufs Spielfeld. Knöpf sie dir vor. Du weißt, wie's läuft. Looos!«

Haha. *Guter Witz,* dachte ich. Doch eigentlich hatte Trainer Shumsky recht: Jeder, der glaubte, dass dieses Spiel Spaß machen könnte, war eine ECHTE WITZFIGUR.

Und diese Witzfigur musste nun aufs Spielfeld. Es gab kein Zurück mehr.

Ich mischte mich unter die anderen Ausgewechselten, die schon die Köpfe zur Lagebesprechung zusammensteckten. Miller würde für Tug übernehmen, und er hatte auch schon die anderen Anweisungen des Trainers parat.

»Baines, Harrison, Abuja, geht in der Dreierkette nach vorne und seht zu, dass ihr möglichst weit kommt. Ihre stärksten Kerle haben sie im Mittelfeld. Mal sehen, ob wir ihnen ausweichen können.«

»Was ist mit mir?«, fragte ich.

»Kümmere dich um die Nummer 18«, erwiderte Miller.

Ich blickte auf und entdeckte sofort den Jungen mit der großen 18 auf dem Rücken. Auch er besprach sich gerade mit seiner Mannschaft. Mein erster Gedanke war, dass dieser Typ größenmäßig irgendwo zwischen Achtklässler und Tyrannosaurus steckte.

»Kann ich nicht mit jemand anderem tauschen?«, fragte ich Miller noch, doch da war es schon zu spät.

»Los, Falken«, rief er. »Das packen wir!« Und dann gingen wir auf unsere Plätze.

Nun, da ich die Nummer 18 aus der Nähe betrachten konnte, erinnerte mich der Junge mehr an eine Mischung aus Schakal und Serienmörder. Ich hatte keinen Zweifel mehr daran, dass er mich jederzeit zusammenfalten und auf den Boden schleudern konnte wie ein Papiertaschentuch.

Natürlich ist es im Flag-Football, wie ich euch ja bereits erklärt habe, eigentlich nicht erlaubt, den Gegner zu tackeln, also körperlich anzugreifen. Aber wie würdet ihr euch wohl fühlen, wenn euch jemand sagte, IHR dürft DIESEN Kerl hier nicht an euch vorbeilassen:

Ich konnte mich nicht daran erinnern, welche Startposition ich einnehmen sollte, deshalb ging ich einfach in die Hocke und wartete auf den Spielbeginn. Das heißt, im Grunde genommen betete ich nur, dass das Spiel schnell vorbei sein würde.

»Rover 23!«, rief Miller. »Los! Los!« Vermutlich hätte ich wissen müssen, was es mit diesem Rover-Ding auf sich hatte, aber jetzt blieb keine Zeit mehr, darüber nachzudenken. Jason Carmichael startete den Spielzug mit der Ballübergabe an Miller, und dann ging alles sehr schnell.

Eines muss man mir zugutehalten: Ich habe mein Bestes gegeben, um mich diesem Riesenkerl in den Weg zu stellen. Ich hielt mich unten, wie vorgegeben, doch es könnte sein, dass ich eine Millisekunde lang die Augen geschlossen habe. Als ich wieder blinzelte, hatte sich Nummer 18 bereits an mir vorbeigeschlängelt und lief nun auf Miller zu, der immer noch im Ballbesitz war. Zumindest hatte ich es versucht. Irgendwie. Mit etwas Glück wäre alles in ein paar Augenblicken vorbei.

Und *dann*, meine Freunde … DANN … geschah das Undenkbare.

Miller grinste – nein, eigentlich lächelte er – und warf mir den Ball zu. Wie eine tickende Zeitbombe flog er – durch ein Loch, das eine Sekunde vorher noch nicht da gewesen war – direkt auf meinen Kopf zu.

Ich dachte nur … Nun ja, genau genommen ging mir eine ganze Menge durch den Kopf, alles zur selben Zeit.

Was meint ihr: Welcher Gedanke hat sich wohl am Ende bei mir durchgesetzt?
(Kleiner Hinweis: Macht euch auf eine Überraschung gefasst. Wieso? Lest einfach weiter und findet es heraus.)

KAPITEL 38

DIE CHANCE

Ob ihr's glaubt oder nicht, als Erstes bewegten sich meine Hände. Ich agierte nicht gerade wie ein Profi dabei, und meine Fingerspitzen waren auch nicht beteiligt, aber … ICH HABE DEN BALL TATSÄCHLICH GEFANGEN!
Und was noch verrückter war: Ich ließ ihn danach nicht wieder fallen!
Am liebsten hätte ich mit Miller »Heiße Kartoffel« gespielt und den Ball direkt zu ihm zurückgeworfen. Aber das kam nicht in die Tüte.
»LAUF!«, hörte ich den Trainer rufen. »LAUF, KHATCHADO…«
Alles Weitere ist nicht mehr zu mir durchgedrungen, denn in diesem Moment kamen meine Füße ins Spiel – buchstäblich. Die Jungs von der Southside Middle School fixierten mich wie ihr Beutetier und wirkten, als hätten sie seit Tagen nichts in den Magen bekommen. Und so rannte ich einfach los, genau wie es von mir erwartet wurde.
Dumm nur, dass ich in die falsche Richtung rannte.

»NEEEIIINNN!«, kam es einvernehmlich vom Spielfeld, der Reservebank und der Zuschauertribüne. Ich glaube, die Spieler der gegnerischen Mannschaft waren die Einzigen, die in diesem Augenblick den Mund hielten. Ich rechnete damit, dass mir jemand eines meiner Fähnchen aus dem Gürtel ziehen würde, aber noch war alles da, wo es sein sollte. Mein Blick fiel auf Trainer Shumsky, der am Spielfeldrand stand. Seine Gesichtsfarbe bewegte sich irgendwo zwischen Schlumpfblau und Pflaumenlila, und er schrie mittlerweile so schrill, dass ich Hundeohren gebraucht hätte, um ihn zu verstehen.

Aber Flip konnte ich rufen hören. Er saß auf der Reservebank und rief mir immer wieder ein und dasselbe Wort zu.

»SCHINKENSPECK! SCHINKENSPECK! SCHINKENSPECK!«

Und so bin ich immer weitergerannt.

Ich weiß nicht, was mich letztendlich dazu gebracht hat, plötzlich rückwärtszulaufen. Damit hatte niemand gerechnet, aber immerhin hatte ich auf diese Weise wieder die richtige Richtung eingeschlagen.

Dann lief ich seitwärts. Dann in Zickzacklinien. Drehte mich und versuchte es erneut mit scharfen Wendungen, als ob Junior mir die Fersen abbeißen wollte.

Und in diesem Augenblick sah ich zwischen diesen beiden Giganten von der Southside das Sonnenlicht durchschimmern. Der Spalt war gerade breit genug, um sich durchzuquetschen (zumindest, wenn man derart klein und schmächtig war wie ich).

Als das geschafft war, sah ich weit, weit hinten am Horizont die Endzone des Spielfelds auftauchen. (Na gut, vielleicht waren es auch nur 40 Meter bis dahin.)
Und ich rannte weiter.
Ich fühlte nur noch meine Beinmuskeln pumpen. Ich schmeckte nur noch das Blut in meinem Mund (beim Fangen des Balles hatte ich mir auf die Zunge gebissen – autsch!). Ich hörte nur noch das Jubeln der Menge von der Zuschauertribüne – und sie jubelten mir zu!
Wenn ich nicht selbst dabei gewesen wäre, hätte ich es nicht geglaubt. Um ehrlich zu sein, ich konnte es so auch kaum glauben.
Aber es ist die Wahrheit.

KAPITEL 39

TOUCHDOWN

Noch zehn Meter …

neun …

acht …

sieben …

sechs …

fünf …

vier ….

drei …

zwei …

ein Meter und …

TOUCHDOWN!

KHATCHADORIAN LANDET EINEN TOUCHDOWN!

GERADE NOCH RECHTZEITIG, BEVOR ER VOR SCHRECK TOT UMFÄLLT!

Ich konnte es nicht glauben. Konnte es einfach nicht glauben. Wartete darauf, dass Georgia mich schütteln und mir sagen würde, ich solle endlich aufwachen. Das hier *musste* doch ein Traum sein, nicht wahr?

Rafe. Khatchadorian. Hatte. Gerade. Sechs. Punkte. Geholt. Mit einem Touchdown. (Für all diejenigen unter euch, die nicht wissen, was ein Touchdown ist: Wenn ein Spieler es schafft, den Ball bis in die gegnerische Endzone zu tragen, wird das im American Football *Touchdown* genannt. Dafür bekommt seine Mannschaft sechs Punkte – das ist eine ganze Menge!)

Keine Sorge, ich werde mich jetzt nicht bis in alle Ewigkeit dafür feiern lassen. Aber ich habe eben einen Moment gebraucht, um zu begreifen, dass das wirklich passiert war. Realisiert habe ich das Ganze erst, als Flip mir auf den Rücken sprang und zu schreien begann: »Hills Village PUNKTET!!!« und »KHATCHADOOORIAN!« und »YEAH, SUPER, KURZER! TOUCHDOWN!«

Die komplette Mannschaft folgte Flips Beispiel und warf sich auf mich. Mir wurde nicht einfach gratuliert, nein, ich wurde zu Boden gejubelt. Es hat richtig wehgetan. Wahrscheinlich gibt es im Flag-Football keine Regel, die das Tackeln der *eigenen* Mitspieler verbietet …

Trotzdem war dieser Touchdown eines der besten Dinge, die mir je passiert sind. Auf seine ganz eigene – auf den Rücken schlagende, gegen den Arm boxende, Rippen brechende – Weise.

Ich weiß schon. Wir hatten nicht den Super Bowl, also das Finale der American-Football-Profiliga, gewonnen. Aber da Hills Village schon eine Ewigkeit keinen müden Punkt mehr

H.V.M.S. FALKEN
GÄSTE 21
HEIM 6
!!!!!
SECHS PUNKTE!

gegen die Southside Middle School geholt hatte, war es trotzdem eine große Sache. Und deswegen wurde in diesem Augenblick auch aus mir eine große Sache gemacht.

Ob wir das Spiel trotzdem verloren haben, wollt ihr wissen? Kleine Gegenfrage: Ist der Papst katholisch? Oh ja, und wie wir verloren.

Es ist jedoch völlig belanglos, was nach dem Touchdown geschehen ist, denn diese sechs Punkte konnte mir niemand mehr wegnehmen. Nicht einmal Mrs Stricker und Mrs Stonecase. Und zum allerersten Mal während meiner Zeit auf der Middle School konnte ich mich wirklich über einen Eintrag in meine Schülerakte *freuen*.

Los, Falken, los!

KAPITEL 40

MÄDCHENÄRGER HOCH ZWEI

Als das Spiel vorbei war (Southside erzielte insgesamt 38 Punkte, für Hills Village blieb es bei 6), nahm mich Mom in die Arme und drückte mich. Dann nahm Oma mich in die Arme und drückte mich – FEST. Im Ernst, wenn sie wollte, könnte Oma Dotty mit ihren legendären Umarmungen einem Bären das Fell abziehen.

»Wenn das so weitergeht, spielst du bald in der Fußball-Bundesliga«, meinte sie.

Ich stellte die Sache klar: »Das ist kein Fußball, Oma. Das ist Football. American Football.«

»Ach, immer diese Fremdwörter. Für mich heißt das immer noch Fußball«, erklärte sie. Oma ist nicht gerade ein Sport-Fan, aber das ist halb so wild – Hauptsache, sie bleibt ein Rafe-Fan.

Selbst Georgia schien ein ganz klein wenig beeindruckt zu sein. »Wahrscheinlich wirst du bald einen neuen Helm brauchen. Dir platzt ja gleich der Kopf vor Stolz.«

»Wir tragen doch gar keinen Kopfschutz«, erwiderte ich.
»Ja, stimmt«, sagte sie. »Wie auch immer, Glückwunsch jedenfalls.«
Mom meinte, sie würde uns alle auf eine Runde Burger ins Swifty's einladen und Flip könne auch mitkommen, wenn er wollte. Und so ging ich los, um ihn zu fragen.
Was ich auch getan habe. Allerdings machte ich zuerst einen ganz kleinen Abstecher zum Imbissstand. Um genau zu sein: Jetzt, da ich einen Touchdown erzielt hatte, wollte ich absichtlich zufällig auf Jeanne Galletta treffen. (Mal ehrlich, kann man es mir verdenken?)
Jeanne packte gerade die Schokoriegel und Getränkebecher zusammen, als ich den Imbissstand erreichte.
»Hi, Rafe!«, begrüßte sie mich. »Super gemacht!«
»Oh. Hi, Jeanne«, sagte ich eher beiläufig, so als hätte ich sie jetzt erst wahrgenommen. Dabei hätten in diesem Moment lauter Fernsehreporter um mich herumstehen und der Präsident der Vereinigten Staaten mich um ein Autogramm bitten können – ich hätte doch nur Augen für Jeanne, Jeanne, Jeanne gehabt.
»Ich hab gehört, dass du einen Touchdown erzielt hast«, sagte sie.
»Du hast es … gehört?«, fragte ich nach.
»Ja. Wir hatten hier irre viel zu tun, deshalb konnte ich mir das Spiel nicht ansehen.«
»Ach so, verstehe.« Ich versuchte mir nicht anmerken zu

POPCOR
HTV
STV
DGTV
Für
J.G.
MAJO

lassen, wie abgrundtief enttäuscht ich war. Gerade hatte ich den Erfolg meines Lebens gefeiert, und Jeanne war es wichtiger gewesen, die Popcornmaschine aufzufüllen, als diesen Moment mit mir zu erleben.

»Na ja … ist nicht tragisch. Ich bin auch eigentlich nur hier, um ein Snickers zu kaufen«, sagte ich schließlich, als plötzlich …

»Hi, Rafe!«

Als ich mich umdrehte, stand dort Marley Grote. Marley kannte ich schon seit der ersten Klasse. Sie war ganz in Ordnung.

»Hey, Marley«, grüßte ich zurück.

»Du hast ganz großartig gespielt heute!«, sagte sie.

»Danke«, murmelte ich, hatte mich aber bereits wieder zu Jeanne umgedreht.

»Woher wusstest du, dass es etwas bringen würde, in Zickzacklinien zu laufen?«, fragte Marley. »Das war Wahnsinn! Total verrückt!«

In diesem Moment hätte ich wetten können, dass Marley die kleine Schwester eines älteren Jungen war. Sie erinnerte mich nämlich an Georgia, die auch immer zur falschen Zeit am falschen Ort auftauchte und nicht lockerließ. Kleine Schwestern schienen darauf programmiert zu sein.

»Tut mir leid, Marley«, erklärte ich, »aber Jeanne und ich unterhalten uns gerade.«
Jeanne sah vom Tresen auf, und ihrem Gesichtsausdruck nach zu urteilen, dachte sie: *Ach, wirklich?*
»Oh«, meinte Marley nur und lachte – warum? »Okay, wir sehen uns ja dann in der Schule.« Mit diesen Worten lief sie hinüber zu Amy Bernstein, die schon auf sie zu warten schien. Dann steckten die beiden die Köpfe zusammen und gingen davon wie siamesische Zwillinge.
Ich wendete mich wieder Jeanne zu, doch die sah nicht allzu glücklich aus. Um genau zu sein, hatte sie ihren »Ich bin wütend auf Rafe«-Gesichtsausdruck aufgesetzt. Ich weiß, wie sie in solchen Momenten aussieht. Diesmal hatte ich allerdings keinen blassen Schimmer, was ich falsch gemacht hatte.
»Was ist denn los?«
»Das war total unhöflich«, erwiderte sie.
»Unhöflich?«
»Marley mag dich doch ganz offensichtlich …«
»Tatsächlich?«
»Und du hast sie eiskalt abblitzen lassen. Kein sehr netter Zug von dir, Rafe.«
Ich wusste nicht, was ich dazu sagen sollte. Wie kam Jeanne darauf, dass Marley mich mochte? Wie konnte sie das so schnell beurteilen?
Und hatte ich jetzt überhaupt noch eine Chance, bei Jeanne gut dazustehen?

Jeanne atmete tief durch und schüttelte den Kopf, als sei ich ein hoffnungsloser Fall. Als hätte dieser Touchdown überhaupt keine Bedeutung gehabt.

»Bis dann, Rafe!«

»Aber …«

»Ich muss den Imbissstand jetzt schließen«, erklärte sie. Dann stapfte sie wütend davon. Quer über mein Herz. Mal wieder.

Ich weiß schon. Ich weiß, wie armselig das ist. Eher gäbe ich eine Cocktailparty auf dem Mond, als dass Jeanne Galletta sich in mich verliebt. Trotzdem will ich, dass sie mich mag oder mich zumindest nicht für einen kompletten Mistkerl hält. Jeanne ist schon öfter für mich da gewesen, wenn ich Hilfe brauchte. Sollte sie jemals *meine* Hilfe brauchen, müsste sie nur ein Wort sagen.

Aber da *Hau ab, Rafe!* nicht exakt dasselbe bedeutete wie *Ich brauche deine Hilfe, Rafe!*, würde es wohl noch eine ganze Weile dauern, bis ich mich revanchieren könnte.

Vielleicht im nächsten Leben.

KAPITEL 41

AM TISCH DER COOLEN KIDS

Habe ich euch verschreckt? Keine Angst, es kommen auch wieder bessere Zeiten für mich. Tatsächlich stehen einige der besten Momente in dieser Geschichte noch aus. (Und auch ein paar der schlimmsten. Bis zum Ende des Buches wird es noch eine wahre Achterbahnfahrt werden, also bleibt dran!)

Am nächsten Tag in der Schule waren viele Leute sehr nett zu mir und sagten »Was für ein Touchdown!« oder »Weiter so, Khatchadorian«. Das war ein seltsames Gefühl. Normalerweise riefen die anderen Schüler eher »Was für ein Idiot« oder »Geh mir aus dem Weg, Khatchadorian«.

Ich hatte auch wieder ein Bild dabei – meine Version von Rodins Skulptur *Der Denker*. Und zu Ehren der Falken wurde auch noch ein kleines Extra hinzugefügt.

Das Bild befestigte ich an dem Glasschrank, in dem die Siegerpokale der Schule aufbewahrt werden. Und stellt euch vor: Dieses Mal ging Mrs Stricker einfach daran vorbei und ließ es eine Weile hängen. Was für ein Spitzentag für KIM – und für Rafe.

Vor dem Englischunterricht erzählte mir Quinn Richardson, dass er am Samstag bei sich zu Hause eine Party geben würde. Irgendwie hatte ich das Gefühl, dass er mich damit hatte einladen wollen, hundertprozentig sicher war ich mir aber nicht.

Dann, als ich in der Mittagspause in die Cafeteria kam, saßen alle Falken zusammen an einem der großen Tische.

»Wir sind hier!«, rief Flip und winkte mich zu ihnen herüber.

Kennt ihr auch dieses Gefühl, wenn euch jemand etwas

zuruft? Ihr glaubt, dass derjenige die Person hinter euch gemeint haben muss, aber wenn ihr euch umdreht, steht dort gar niemand. Genauso erging es *mir* in diesem Moment. Da es aber Flip war, der gerufen hatte, schien ich tatsächlich gemeint zu sein.

»Ich habe beschlossen, dass wir dieses verrückte Spiel *Catch Khatchadorian* nennen«, erklärte Flip mir, als ich mein Tablett abstellte. »*Catch* – englisch für *fangen*, verstehst du? ›Fangt Khatchadorian‹.«

»Ja, schon kapiert«, sagte ich. »Aber diesen Touchdown könnte ich nicht noch mal zustande bringen.« Ich wusste noch, dass Miller mir den Ball zugeworfen hatte, und da waren noch diese stürmischen Glückwünsche der Mannschaft gewesen. An alles andere hatte ich nur noch verschwommene Erinnerungen.

Aber wenn Flip sich einmal entschieden hatte, blieb es dabei. *Catch Khatchadorian*. Eigentlich gefiel mir der Name ganz gut. Schließlich hatte noch nie jemand ein Footballspiel nach mir benannt.

Ich hatte auch noch nie am Tisch der coolen Kids gesessen. Diese Mittagspause war wie der Besuch in einem fremden Land.

»Hey, Khatchadorian!«, rief Jeremy vom anderen Ende des Tischs herüber. »Wir haben hier deinen Pokal als ›Bester Spieler der Mannschaft‹. Bist du bereit?«

Als ich den Kopf in seine Richtung drehte, öffnete er gerade einen Getränkekarton mit Kakao. Sein Gesicht sagte: *Glaub bloß nicht, dass ich hier nur einen Kakao aufmache. Pass gut auf.* Alle am Tisch sahen mittlerweile zu Jeremy hinüber.

»Was hat er vor?«, fragte ich Flip.

»Das wirst du schon sehen«, erwiderte der.

Jeremy riss den Getränkekarton an der oberen Öffnung weit auf und gab ihn an Richie Franklin weiter. Richie warf eine Krokette hinein und reichte ihn Calvin Penn. Calvin bereicherte den Kakao um ein paar Löffel Mais mit Sahnesoße und gab ihn Miller. Miller riss ein Tütchen Ketchup auf.

»Kroketten ohne Ketchup geht gar nicht«, sagte er und quetschte den Inhalt des Tütchens in den Kakao. Dann drückte er die Öffnung des Getränkekarton zusammen, schüttelte ihn und reichte ihn mir.

Hätte Flip nicht grinsend wie ein Honigkuchenpferd dabeigesessen, hätte ich es für eine neue Mobbing-Attacke von Miller und seinen Kumpels gehalten. Doch irgendetwas fühlte sich anders an. Das Ganze wirkte eher wie eine Mutprobe auf mich. Eine von der guten Sorte.

»Trink, trink, trink, trink«, forderte Flip mich auf, woraufhin die ganze Mannschaft lautstark einfiel.

Ich will nicht behaupten, dass ich besonders scharf darauf war, diesen Kroketten-Sahnemais-Ketchup-Kakao hinunterzukippen. Aber irgendwie gefiel es mir, wie mich alle anstarrten und gespannt darauf warteten, was ich tun würde.

Ihr könnt euch also wahrscheinlich schon denken, dass ich mich der Herausforderung stellte.
Der erste Schluck war der schlimmste. Es schmeckte nach … na ja, nach Mais, Kartoffeln, Ketchup und Kakao. Während mir die Brühe aus den Mundwinkeln und über das Kinn lief, lachten sich die Jungs fast kaputt.
Da musste ich auch lachen.
Weswegen ich prusten musste.
Weswegen wir alle noch lauter lachen mussten.
Doch das war alles nichts im Vergleich zu der Reaktion, als mir der Kakao schließlich sogar aus der Nase tropfte. (Ich kann nicht dafür garantieren, dass nicht auch ein paar Maiskörner mit herauskamen.) Mittlerweile schrien alle meinen Namen und hämmerten mit den Fäusten auf die Tischplatte, es war wirklich unglaublich und irre lustig …
… bis Mrs Stonecase in einer Art Überraschungsangriff auf uns zustürzte.
»WESHALB herrscht hier ein derart ohrenbetäubender Lärm?«, fragte sie. »Und WER ist für dieses Chaos verantwortlich?«
In diesem Augenblick wusste ich, dass es mir an den Kragen gehen würde. Mrs Stonecase sah aus, als würde sie gnadenlos zuschlagen, sobald sich jemand von uns schuldig bekannte. Allerdings konnte ich mich in diesem Augenblick nicht melden, weil ich immer noch mit dem Schlucken zu kämpfen hatte.

Und dann wurde alles *noch* verrückter.

Noch bevor ich Mrs Stonecase irgendetwas erklären konnte, ergriff Flip das Wort. »Ich war's«, sagte er. »Ich bin für das Chaos verantwortlich, Mrs Stonecase.«

»Nein, ich bin dafür verantwortlich«, meinte Jeremy.

»Eigentlich habe *ich* dieses Chaos angerichtet«, sagte ich, aber die anderen fielen mir sofort ins Wort.

»Ich auch«, rief Miller.

»Zusammen mit mir«, sagte Quinn.

Innerhalb weniger Sekunden hatten sich alle Falken um mich herum schuldig bekannt. Mrs Stonecase war genauso begeistert davon wie ich und gab uns allen für den Rest des Schultages frei.

Ja, und gleich danach hat sie ihren Job gekündigt, draußen vor der Schule landeten kleine grüne Marsmännchen, und Jeanne Galletta hat sich unsterblich in mich verknallt.

»Es reicht!«, rief Mrs Stonecase. »Sitzt hier irgendjemand am Tisch, der sich für dieses Chaos *nicht* verantwortlich fühlt?«

Niemand rührte sich.

»Na schön.« Mrs Stonecase zog ihr Handy aus der Hosentasche und machte ein Foto von unserem Falkentisch.

»Ich werde jeden Einzelnen von euch beim Nachsitzen wiedersehen, gleich am Freitag nach dem Unterricht«, verkündete sie, während sie das Foto betrachtete. »Jetzt kann sich niemand mehr von euch herausreden.«

»Nachsitzen?«, fragte Quinn.

»Ernsthaft?«, meinte Jeremy.

»Ganz schön clever, wie sie das gemacht hat«, flüsterte Flip.

»Und wenn diese Sauerei nicht in fünf Minuten beseitigt ist, werdet ihr dreimal nachsitzen statt einmal«, erklärte Mrs Stonecase. Dann schob sie das Handy zurück in ihre Hosentasche wie ein Cowboy seinen Revolver. Ja, dieser Vergleich trifft es ganz gut.

Freitags nachsitzen zu müssen war fürchterlich, denn an diesem Tag kam die meiste Arbeit auf einen zu. Ich rechnete fest damit, dass den Jungs das Lachen nun im Hals stecken geblieben war und sie mich nach der Schule zum Dank vor den Bus schubsen würden.

Aber das taten sie nicht. Keiner ließ seinen Ärger übers Nachsitzen an mir aus. Alle nahmen ihre Strafe klaglos an, sogar Miller! Vielleicht würde nun zum ersten Mal in der Geschichte der Hills Village Middle School die komplette Footballmannschaft zum Nachsitzen antreten.

Ich will nicht behaupten, dass ich mich darauf gefreut hätte. Und ich war auch nicht gerade stolz auf mich. Aber … irgendwie war es trotzdem *toll.*

Erzählt meiner Mom bloß nicht, dass ich das gesagt habe.

KAPITEL 42

FANS

Kleine Quizfrage: Wie hat wohl meine Mom reagiert, als sie erfahren hat, dass ich nachsitzen muss?

Richtig geraten – sie verlangte von mir, dass ich sofort mit dem Footballspielen aufhöre. Zum Glück gelang es mir schließlich, sie umzustimmen und es bei einer »Verwarnung« zu belassen: Würde ich mir noch ein einziges Mal Ärger einhandeln, wäre ich die längste Zeit Falke gewesen.

Nach dem Abendessen sagte Mom, ich solle in mein Zimmer gehen und Hausaufgaben machen. Was ich auch getan habe. Zuerst aber ging ich online und loggte mich bei MyComics.de ein. Die Loser-Comics hatten mittlerweile 42 Fans. Außerdem warteten 18 neue Kommentare auf mich – und elf davon waren positiv!

Mich traf fast der Schlag. Das war das Sahnehäubchen dieses Tages. Genau genommen waren es sogar 42 Sahnehäubchen.

Wisst ihr, was noch besser ist als eine geheime Identität? *Zwei* geheime Identitäten! Es war, als hätte ich ein neues Hobby entdeckt. Nun gab es meine Online-Identität R.K. Wieauchimmererheißt und KIM, der in der Schule aktiv war. Das alles war auf jeden Fall besser, als immer nur der langweilige alte Rafe Khatchadorian zu sein.

Auch Leo war begeistert.

»Wir sind berühmt!«, sagte er.

»Du bist berühmt«, stellte ich die Sache richtig. »Mich kennt ja niemand.«

»Keine Sorge, ich vergess dich schon nicht. Auch wenn ich einmal Filme machen und Millionen verdienen sollte.«

»Das würde ich dir auch nicht raten, denn du wirst mich noch brauchen. Ein Bankkonto können nämlich nur reale Personen eröffnen.«

»Der Punkt geht an dich«, meinte Leo. »Und da wir gerade beim Punktevergeben sind: Hatte ich nicht recht damit, als ich dir geraten habe, es ganz entspannt anzugehen?«

»Ja, du hattest recht«, gab ich zu. »Wobei Operation K.I.M. nicht gerade entspannend ist.«

»Klar ist sie das. Du bekommst keinen Ärger damit, und sie hat vielleicht sogar einen positiven Effekt. Manchmal muss man sich einfach entspannt zurücklehnen und die guten Dinge auf einen zukommen lassen.«

Dem konnte ich nicht widersprechen. Ich hatte tatsächlich ein paar erstaunlich schöne Tage hinter mir.

NEUESTE NACHRICHTEN

Loser und Leo in: »LOSER UND LEO: DER FILM« *BRICHT ALLE REKORDE!*

»Der beste Film, den es jemals geben wird.« ALLE

Leo der Stille – ein Milliardär, der gar nicht existiert

»Das Geld ist echt.«

»Ich hätte nie gedacht, dass die es mal zu etwas bringen«,

SAGT EX-DIREKTORIN IDA P. STRICKER.

R.K. Wieauchimmererheißt: WER IST ER??? Was wir bisher wissen auf S. 21

FORTSETZUNG GEPLANT!

»Loser und Leo: Der Film, Teil II: Das Fleischklops-Geheimnis«

Freuen Sie sich auf eine Schlapplach-Komödie, ein herzzerreißendes Drama und knallharte Action – alles in einem!

Kauften sich Loser und Leo tatsächlich einen goldenen Hubschrauber und eine Bonbon-Insel?

Unser Reporter fand heraus: Die Zuckerinsel gibt es, der Hubschrauber aber ist nur aus Silber.

ABER …

ABER …

ABER …

Zwischen Leo und mir gibt es einen großen Unterschied. Leo macht sich keine Gedanken, solange alles rundläuft. Um die Probleme des realen Lebens muss er sich nicht kümmern.

Ich schon. Und wir redeten hier über *mein* reales Leben. Nicht eine Sekunde glaubte ich daran, dass sich von jetzt an alles zum Besseren entwickeln würde. Die Realität sieht nun mal anders aus. Egal, wie gut es in einem bestimmten Moment deines Lebens zu laufen scheint, irgendwo in deinem Kakao lauert schon die nächste Krokette – wenn ihr wisst, was ich meine.

Es ist nur eine Frage der Zeit, wann sie an die Oberfläche geschwemmt wird.

LOSER UND LEO IN:
GERN GESCHEHEN
Seufz.
KAU
KAU
KAU
Hey!
Aaaahh!

Warum so schreckhaft?
Was für ein Horrortag!
Ich lief die Straße runter, und ein Auto fuhr durch die Pfütze neben mir.
Und warst du triefnass?
Nein, ich habe nichts abbekommen.
Dann begegnete ich Winnie, und sie hat „Hallo" zu mir gesagt.

... prompt bist du gestolpert und hingeknallt?
Nein, ich hab auch „Hallo" gesagt.
Dann wollte ich mir Pizza bei meinem Lieblingsitaliener holen.
Und der hatte geschlossen?
Nein.
Du hast dir die Zunge verbrannt?
Nee, die Pizza war lecker.
Was ist dann das Problem?
KAU
KAU

Es ist alles gut! Und DAS macht mich wahnsinnig!
Bei mir geht immer irgendetwas schief. So läuft das nun mal.
Ich kann nicht mehr klar denken.
Kann nicht essen, nicht schlafen...
KAU
KAU
KAU

Mir gehen die Fingernägel aus, auf denen ich herum-kauen kann!
Was soll ich nur tun, Leo?
Halt mal.
?

Was machst du denn?
Warte. Bin gleich fertig.
SCHNURR
SCHNURR
Und jetzt?
KLICK
WRRRRRRR
SCHNURR
SCHNURR
SCHNURR
Fünf, vier, drei, zwei ...
WRRRRRR
SCHNURR

Riech ich da Kuchen?
HSSS
Ooh-ooh...
HSSS
GRRR
GRRRR!
WUFF!
HSSS!
AUUU!
Mir geht's schon besser. Danke, Leo!
Gern geschehen.

KAPITEL 43

KUNST, DIE DIE WELT BEWEGT

Im Kunstunterricht am nächsten Tag hatte Ms Donatello eine neue Aufgabe für uns.

»Ich möchte, dass ihr bei eurem nächsten Projekt darüber nachdenkt, was ihr mit eurer Kunst ausdrücken wollt«, sagte sie.

»Hä? Versteh ich nicht«, sagte Felicia Tollery.

Ich war froh, dass es nicht nur mir so ging.

»Was meinen Sie mit ›ausdrücken‹?«, fragte ich. »*Ich hab Hunger*, zum Beispiel?«

»Nicht ganz«, erwiderte Ms Donatello. »In der Kunst geht es nicht nur um Bilder oder Skulpturen. Es geht auch um die Ideen, die dahinterstehen. Es geht darum, der Welt etwas mitzuteilen. Vielleicht sogar darum, die Welt zum Guten zu verändern.«

Dann zeigte sie uns einige berühmte Beispiele, die uns aber nur vor Augen führten, was wir selbst nie zustande bringen würden.

Das erste Kunstwerk hieß *American Gothic*. Bei diesem Titel muss ich immer an Vampire denken oder zumindest an Menschen in schwarzen Klamotten, die seltsame Musik hören. Das Gemälde selbst aber wirkt völlig harmlos. Es zeigt eine Bäuerin und einen Bauern, vermutlich ein Ehepaar. (Ms Donatello erklärte uns, dass es sich bei *gothic* um die englische Bezeichnung für »gotisch« handele und damit das Haus im Hintergrund gemeint sei – aber das half mir auch nicht viel.)

»Auf den ersten Blick sieht es aus wie ein ganz gewöhnliches Porträt, nicht wahr? Aber der Künstler, Grant Wood, hat damit auch seine ganz persönliche Einstellung zum Ausdruck gebracht«, erklärte Ms Donatello. »Ihm ging es darum, die Stärke und Würde der Amerikaner in schwierigen Zeiten darzustellen. Diese Personen stehen für Überlebende.«

Über solche Sachen hatten wir auch gesprochen, als ich noch auf richtige Kunstschulen gegangen war (zuerst auf die Cathedral- und danach auf die Airbrook-Kunstschule). Ms Donatello sagte immer wieder, dass wir uns »Großes« vornehmen sollten. Die Welt verändern zu wollen schien mir tatsächlich ein gewaltiges Vorhaben zu sein.

Die Frage war nur, wie? Was wollte ich mit meiner Kunst ausdrücken? Und weshalb sollte es andere Menschen überhaupt interessieren, was ich zu sagen hatte?

Als ich wieder aufsah, hatte Ms Donatello schon das nächste Bild an die Wand geworfen. Es war ein gruselig aussehendes Schwarz-Weiß-Gemälde.

»Was hat Pablo Picasso sich bei diesem Werk gedacht?«, wollte Ms Donatello wissen. »Was, glaubt ihr, soll *Guernica* wohl ausdrücken?«

Gute Frage, dachte ich nur.

Doch dann begann ich langsam etwas zu erkennen. In diesem Gemälde versteckten sich Gesichter, vielleicht auch Menschen. Einige von ihnen schienen zu schreien, andere sahen aus wie Geister.

Guernica von Pablo Picasso

»Besonders glücklich sehen diese Wesen nicht aus«, stellte ich fest.

»Das stimmt«, sagte Ms Donatello. »In diesem Bild geht es um den Krieg. Picasso nutzte sein künstlerisches Talent, um über Ereignisse aus dem Spanischen Bürgerkrieg im Jahr 1937 zu ›sprechen‹. Wie ihr seht, kann man etwas auf leise Art und Weise künstlerisch zum Ausdruck bringen – wie in *American Gothic* –, aber auch laut und energisch, wie in *Guernica*. Oder es kann so direkt geschehen wie hier.«

Ms Donatello zeigte uns das nächste Bild.

Love
von Robert Indiana

»Das ist ja albern«, sagte Ava Bartlett.

»Aber auch diese Skulptur gehört zu den berühmtesten Kunstwerken überhaupt«, erklärte Ms Donatello. »Und was Mr Indiana uns damit sagen will, lässt sich ja wohl unschwer erkennen, stimmt's?«

Danach zeigte sie uns noch weitere Beispiele, aber mir schwirrte bereits genug im Kopf herum, über das ich nachdenken musste. Zum Beispiel, was *ich* »zum Ausdruck« bringen wollte. Und wie ich es *so* anstellen konnte, dass sich dadurch »die Welt veränderte«. Vor allem aber darüber, was ich zu Mittag essen würde.

Mit leerem Bauch lässt sich nun mal schlecht über weltbewegende Kunst nachdenken!

KAPITEL 44

AUFGEFLOGEN!

Als ich den Kunstraum verlassen wollte, bat Ms Donatello mich, noch kurz für ein Gespräch dazubleiben.

»Gut«, sagte ich, dachte aber: *Oh-oh! Was hat sie vor?*

»Hast du dir schon überlegt, was du mit deiner Kunst ausdrücken willst?«, fragte sie mich, als wir allein waren.

»Nein«, erwiderte ich. »Sie haben uns eine ziemlich schwierige Hausaufgabe gegeben.«

»Grüble nicht zu lange darüber nach«, riet sie mir. »Manchmal ist es auch ganz einfach. Weißt du, ich glaube, sogar dieser geheimnisvolle KIM will mit seinen Bildern etwas ausdrücken.«

»Ach, wirklich?«, sagte ich, dachte aber: *Oh-oh! Ich glaub, ich weiß, was sie vorhat.*

»Ich glaube, er will uns damit sagen, dass die Kunst es wert ist, betrachtet zu werden«, erklärte Ms Donatello. »Was glaubst *du*, Rafe?«

In meinem Kopf ging die Sirene los: *ALARMSTUFE ROT! ALARMSTUFE ROT! WIR WERDEN ANGEGRIFFEN!*

WUUH!
WUUP!
KLING!
DING
DING
GEFAHR
OPERATION
K.I.M.
KLONG
ALARM
DING!
DING!
Hallo? Ist da jemand?

»Rafe?«, wiederholte Ms Donatello und wedelte mir mit der Hand vor den Augen herum. »Hallo? Ist jemand zu Hause?«
»Hä?«, schreckte ich hoch. »Entschuldigung, was haben Sie gesagt?«
»Ich habe gesagt, dass ein Maler viel dabei lernen kann, wenn er andere Künstler auf diese Weise kopiert«, erklärte Ms Donatello. »Aber es ist auch wichtig, seinen eigenen, ganz persönlichen Stil zu finden. Ich hoffe nur, dass dieser KIM das auch so sieht. Wer auch immer er ist.«
Mittlerweile war ich mir zu 99,9 Prozent sicher, dass Ms Donatello mir eine Botschaft übermitteln wollte. Ich hätte ihr niemals etwas über meine zwei geheimen Identitäten verraten – nicht umsonst waren es *geheime* Identitäten. Aber offensichtlich brauchte ich das auch gar nicht.
Wütend schien Ms Donatello nicht zu sein. Je länger ich mit ihr zusammenstand, umso mehr zweifelte ich daran, dass es sich hier um Alarmstufe Rot handelte. Eher um Alarmstufe Orange. Oder Gelb. Eventuell sogar grünes Licht.
»Steck dir weiterhin hohe Ziele, Rafe«, sagte sie. »Vielleicht probierst du es bei der neuen Aufgabe, die ich euch heute gegeben habe, mal mit etwas Anderem. Verstehst du, was ich damit sagen will?«
»Ja«, antwortete ich. »Ich glaube schon.« Denn nun war ich ziemlich sicher, dass ich sie verstanden hatte.
Ms Donatello war eine gute Lehrerin. Nein, sie war eine tolle Lehrerin. Die beste. *Das* hatte ich verstanden.

KAPITEL 45

NACHSCHWITZEN

Am Freitag hatte ich richtig gute Laune. Ich hatte James McNeill Whistlers *Arrangement in Grau und Schwarz* nachgemalt, ein Porträt seiner Mutter. Das Bild befestigte ich an einem der Schwarzen Bretter in der Schule – und Mrs Stricker hat es bis zur sechsten Stunde dort hängen lassen!

Dann war der Unterricht vorbei. Normalerweise bin ich beim letzten Läuten vor dem Wochenende glücklicher als Junior in einer Würstchenfabrik.

An diesem Freitag aber klang die Schulglocke für mich wie der Alarm für den Katastrophenfall. Vor den Qualen, die uns erwarten sollten, hätte ich eine Warnung tatsächlich gut gebrauchen können. Mrs Stonecase und Trainer Shumsky hatten sich nämlich gemeinsam gegen uns verschworen.

Zuerst mussten wir zum Nachsitzen antreten. Zur Begrüßung hielt uns Mrs Stonecase eine Riesenstandpauke. Sie sagte, dies sei die Strafe für unser betrübliches, ungesittetes, wenn auch vorhersehbares Verhalten in der Cafeteria. Ich weiß nicht, was *ungesittet* bedeutet, aber vermutlich fand Mrs Stonecase durch die Nase tropfenden Kakao nicht ganz so lustig wie wir.

Nach ihrer Predigt schickte sie uns an die Arbeit. In kleine Gruppen eingeteilt, hatten wir dafür zu sorgen, dass die Pulte abgewischt, die Toilettenräume gekehrt, der Flur gewischt und der Lehrmittelschrank mit Büromaterial aufgefüllt wurden. Auf einer Spaßskala von eins bis zehn hätte das Ganze eine fette Null bekommen, wenn Flip sich nicht zwischendurch mit dem Klebeband aus dem Lehrmittelschrank ausgetobt hätte:

Doch die Sache war auch danach noch nicht ausgestanden. Als wir das Schulgebäude verließen, wartete schon Trainer Shumsky auf uns. Er wirkte ganz und gar nicht glücklich da-

rüber, dass seine gesamte Footballmannschaft Ärger bekommen hatte, und so brummte er uns im Anschluss an das Nachsitzen noch eine Trainingseinheit auf. Um unsere Qualen zu erhöhen, baute er dabei ein paar kleine, feine Extras ein.
Und mit *kleine* und *feine* meine ich RICHTIG FIESE Extras.
Zuerst drehten wir zum Aufwärmen unsere Runden auf dem Sportplatz. Dann mussten wir eine Reihe Sprints hinlegen, ungefähr eine Million Übungen machen und zum Abschluss noch ein komplettes Trainingsspiel durchziehen.
Zwischendurch hielt Shumsky uns immer wieder einen Vortrag darüber, dass wir als Footballspieler »vorbildliche Repräsentanten« der Schule zu sein hätten, sowohl auf dem Spielfeld als auch sonst.
»Football ist mehr als nur Sport«, brüllte er uns an. »Es ist eine ganz bestimmte Art zu leben!«
»Er meint wohl zu sterben«, sagte Flip, kurz bevor wir an den Start für unseren 148. Sprint gingen.
»Ihr Jungs solltet euch gut überlegen, was das für euch bedeutet«, fuhr der Trainer fort. »Ihr müsst den Titel *Falken* mit Stolz tragen, habt ihr gehört? Ich fragte, ob ihr mich GEHÖRT HABT?«
Ja, gehört hatte ich ihn. Aber antworten konnte ich ihm nicht, denn in diesem Augenblick sprinteten wir los. Rennen und reden zugleich – das ging nun mal nicht.
Unser nächstes Spiel stand bevor. Diesmal würden wir gegen die »Raiders« von der Belleville Middle School antreten, und

nach einem solchen Training würden unsere Chancen auf einen Sieg beträchtlich steigen. Der Trainer versicherte uns, er würde uns alle in Topform bringen, bis die Raiders in die Stadt kämen. Aber vermutlich war das nur eine Ausrede, um uns ein weiteres Nachs(chw)itzen aufbrummen zu können.

In diesem Moment wäre ich an jedem Ort der Welt lieber gewesen als auf dem Sportplatz. Trotzdem war ich wegen des nächsten Spiels auch ein bisschen aufgeregt, denn es war ein tolles Gefühl, gut in etwas zu sein, bei dem man das niemals erwartet hätte. Ich war auf den Geschmack gekommen, und jetzt wollte ich eine Zugabe. Vielleicht würde mir ein weiterer Touchdown gelingen … oder zwei … oder drei. Und vielleicht würde Jeanne mir diesmal dabei zusehen können. Von da an hätten wir Falken einen Lauf und würden wieder und wieder gewinnen, bis wir US-Landesmeister wären. Ach was, WELTMEISTER! Und wenn ich mich auf dem Spielfeld nicht allzu dumm anstellen würde und ein bisschen Glück dazukäme, hätten die Falken diesen Erfolg allein mir zu verdanken! Bei der weltweit im Fernsehen übertragenen Siegerehrung würde ich dann lächelnd in die Kameras blicken und …

»WIR SIND HIER NICHT BEIM TOPFSCHLAGEN, KHATCHADORIAN! NIMM DIE BEINE IN DIE HAND UND LAUF! KEINE MÜDIGKEIT VORSCHÜTZEN, DAS TRAINING HAT GERADE ERST ANGEFANGEN!«

Ja, genau so würde es werden – wenn Trainer Shumsky mich nicht vorher umbringen würde.

Tut mir
leid,
Trainer,
morgen fällt
das Training
flach.

KAPITEL 46

PARTY IM UNTERGRUND

Die gute Nachricht war, dass ein ganzes Wochenende vor mir lag, an dem ich mich von den Strapazen dieses Höllentrainings erholen konnte. Außerdem stand Samstagabend noch die Party von Quinn an. Im Keller würden Filme gezeigt werden und es sollte Würstchen und Cola geben sowie eine riesige Eistorte in Form eines Footballs.
Zumindest war es *das*, was Quinn mir vorab über die Party verraten hatte und was ich Mom weitererzählte.
Flip und ich gingen zusammen zu Quinn. Als wir dort ankamen, dröhnte aus dem Keller des Hauses bereits laute Musik, während im oberen Teil alles im Dunkeln lag. Quinns Eltern konnte ich nirgendwo entdecken.
»Kommt mit runter«, sagte Quinn, nachdem er die Tür geöffnet hatte. »Wir sind alle im Keller.«
»Wo sind denn deine Eltern?«, wollte ich wissen.
»Tja …«
Und in diesem Augenblick wurde mir klar, *welche* Art von Party das hier werden sollte.

Ich war noch nie zuvor auf einer Middle-School-Party gewesen (es sei denn, man zählt diese lahme Tanzveranstaltung im Ferienlager dazu – und das sollte man besser nicht) und deswegen sehr nervös und aufgeregt, als wir die Treppe hinuntergingen.

Eigentlich war ich eher nervös als aufgeregt.

Na schön, ich war *nur* nervös.

Im Keller brannte Schummerlicht. Die Musik war voll aufgedreht, und ein paar der Gäste tanzten in der Mitte des Raumes. Ich konnte die Umrisse einiger Jungen und Mädchen ausmachen, aber es war zu dunkel, um irgendjemanden zu erkennen.

Quinn sagte uns, wo Chips und Getränke standen, und so machten wir uns als Erstes dorthin auf. Auf dem Tisch standen sogar einige Dosen Zoom – mein Lieblingsgetränk.

»Hey, Flip, willst du eine?«, fragte ich und hielt eine Dose hoch, aber als ich mich umdrehte, war er schon verschwunden. Ihr wisst ja bereits, dass Stillstehen nicht gerade Flips Stärke ist, oder? Er war sofort auf die Tanzfläche gesprungen und zappelte mit den anderen zur Musik, als wäre gar nichts dabei.

Die Sache ist die: Tanzen kann ich ungefähr genauso gut wie mit Mädchen reden. Selbst einbeinige Strauße würden coolere Moves machen als ich.

Und so blieb ich allein neben der Schüssel mit den Chips stehen und kam mir vor wie ein großes, in Neonfarben blinkendes Loser-Schild.

LOSER
HIER ENTLANG
Zu klein
Sieht bescheuert aus
Müffelt
Zwei linke Füße
Zwei linke Hände

Ich war erst eineinhalb Minuten in Quinns Haus und fragte mich bereits, wie ich diese Party je für eine gute Idee hatte halten können. Dort waren etwa 15 Leute, die durch die Gegend turnten und ihren Spaß hatten – und hier war ich. Ich fühlte mich beliebt wie ein Kaktus.

Das Ende vom Lied war, dass ich mich ganz schnell in die nächste Ecke verzog und mich dort im Dunkeln auf eines der Sofas setzte. Ich weiß, wann es besser ist, den Rückzug anzutreten und vom Rand aus zuzuschauen. Nicht, dass ich eine andere Wahl gehabt hätte.

»Hey«, sagte plötzlich jemand.

Als ich mich zur Seite drehte, sah ich ein Mädchen am anderen Ende der Couch sitzen. Ich kannte sie nicht, aber sie war hübsch. Was mich natürlich sofort nervös machte.

»Hey«, grüßte ich zurück.

»Ich heiße Page«, sagte sie. »Ich bin die Cousine von Carissa und gerade bei ihr zu Besuch.«

»Und ich bin Rafe«, sagte ich, wobei mir die Stimme wegbrach. Es klang, als hätte sich eine Ente in meinem Namen breitgemacht.

Toll.

Ganz toll.

Plötzlich hörte die Musik abrupt auf. Das kam mir sehr gelegen, denn Page drehte sich sofort zur anderen Seite, um nachzusehen, was los war.

»Also gut, Jungs und Mädchen«, sagte Quinn laut. »Zeit für ein Spielchen!«

Endlich etwas, das Spaß machte! Ich überlegte, den anderen zu erklären, wie Speckball funktioniert, aber ich wusste ja nicht, ob Quinn überhaupt einen Hund hatte. Oder gebratenen Speck. Oder einen Ball. Deshalb hielt ich den Mund.

Eine kluge Entscheidung, wie sich herausstellte, denn Speckball war ganz und gar nicht das, was Quinn im Sinn gehabt hatte.

Stattdessen hielt er eine leere Plastikflasche hoch und grinste. Nach und nach grinsten auch alle anderen Gäste, als hätten sie alle einen Witz verstanden, den ich nicht mitbekommen hatte. Sogar Flip grinste.

Als ich hinüber zu Page sah, zwinkerte sie mir zu.

»Wofür die Flasche?«, flüsterte ich.

»Das wirst du schon sehen«, flüsterte sie zurück. Sie stand auf und hielt mir die Hand hin. Dann zog sie mich vom Sofa hinunter auf den Teppich, wo die anderen sich schon in einem Kreis zusammengesetzt hatten.

Oh nein.

Immer noch grinsend legte Quinn jetzt die Flasche in die Mitte des Kreises.

Nein, nein, nein.

Dann sah er mich an. »Als bester Spieler der Mannschaft darf Rafe die Flasche zuerst drehen!«

NEEEIIINNN!!!

KAPITEL 47

NIX WIE WEG!

Da Partys mit Jungs *und* Mädchen für mich etwas vollkommen Neues waren, hatte ich auch noch nie Flaschendrehen gespielt. Zumindest wusste ich, dass man dabei, nun ja, eine Flasche drehen muss.

Und die Person küssen, auf die der Flaschenhals zeigte.

Versteht mich nicht falsch. Die Vorstellung, ein Mädchen zu küssen, war schön. Aber die Vorstellung, ein Mädchen zu küssen, das man nicht kannte oder mochte, während all die coolen Kids aus der Schule einem dabei zusahen?

Doch wie immer, wenn es um unlustige Dinge in meinem Leben ging, blieb mir auch hier keine Wahl. Und so rutschte ich in die Mitte des Kreises und griff nach der Flasche.

Dann schloss ich die Augen und drehte sie, noch bevor ich irgendeinen Gedanken daran verschwenden konnte, auf wen oder auf wen sie besser *nicht* zeigen sollte.

Ich tat es, weil ich die Person bleiben wollte, die alle in mir sahen: Den besten Spieler der Mannschaft. Die coole Sportskanone.
Meine Augen öffnete ich erst wieder, als die anderen zu klatschen und pfeifen begannen. Die Flasche zeigte auf jemanden … es war ein Mädchen.
Page.
Wahrscheinlich glaubt ihr jetzt, ich war erleichtert, dass die Flasche ein hübsches Mädchen wie Page ausgewählt hatte. Aber das war ich nicht. Nicht im Geringsten. Allein bei dem Gedanken daran sie zu küssen, brach mir an den seltsamsten Körperstellen der Schweiß aus – selbst meine Ohrläppchen schwitzten.
Mannomann! Ein Kuss sollte doch eigentlich etwas Angenehmes sein, oder? Seit meinem ersten Tag an der Middle School hatte ich mir gewünscht, von einem hübschen Mädchen geküsst zu werden. Nun sollte genau das geschehen. Mein erster richtiger Kuss.
Doch wenn Küssen so großartig war, wie alle immer meinten, weshalb hatte ich jetzt so … schreckliche … ANGST?
Manchmal ist mein Leben unglaublich verwirrend. Auf der einen Seite wollte ich der lässige Rafe sein, Page küssen und Spaß haben wie alle anderen auch. Auf der anderen Seite hatte ich solche Panik, dass ich jeden Augenblick auf meine Schuhe kotzen würde.
»Hallo? Rafe?«, sagte Page. Sie lächelte.

Was darauf hindeutete, dass sie von der Idee, mich zu küssen, zumindest nicht vollkommen angewidert war.
Ich drehte mich zu ihr hin, und sie schloss die Augen. Trotzdem spürte ich weiterhin Millionen andere Adleraugen auf mir ruhen.
Ich beugte mich vor.
Und dann – *erstarrte ich zu Eis*.
Ich konnte das nicht.
Nicht so.
Nach einer gefühlten Ewigkeit öffnete Page die Augen wieder. Sie sah ganz durcheinander aus.
Ich muss ein ziemlich dummes Gesicht gemacht haben – wie ein Reh, das in den Autoscheinwerfer starrt –, was sie vermutlich noch zusätzlich verwirrte.

SAG IRGENDETWAS, RAFE! ETWAS LUSTIGES. ODER ETWAS COOLES, dachte ich.
IRGENDETWAS!
MACH JETZT SOFORT DEINE BLÖDE KLAPPE AUF UND SAG ETWAS!
»Ähm … ich muss mal aufs Klo.«
Nach diesen glorreichen Worten brach unter den im Kreis sitzenden Partygästen fröhliches Kichern und Glucksen aus.

»Äh … alles klar«, erwiderte Page, die mich mittlerweile anstarrte, als hätte ich drei Arme.
»Bin gleich wieder da«, sagte ich noch, doch in diesem Augenblick hoffte sie vermutlich schon, dass ich *gar nicht* mehr auftauchen würde.
Während ich mich langsam aus dem Kreis der Qualen zurückzog, kicherten die anderen immer noch. Ich konnte weder Page noch irgendjemandem sonst ins Gesicht schauen. Flip war nirgends zu sehen – vielleicht war er nach oben gegangen, um den Kühlschrank in der Küche zu plündern, und hatte von der ganzen Geschichte überhaupt nichts mitbekommen. Auch ich hätte gern darauf verzichtet. Wie himmlisch wäre es gewesen, stattdessen mit Flip zusammen den Kühlschrank plündern zu können!
Als ich die Kellertreppe hinaufstieg, war das gute Gefühl wegen meines Touchdown und der Zugehörigkeit zur Footballmannschaft dahingeschmolzen wie ein Schneemann in der Sonne. Ich hörte, wie der Nächste die Flasche drehte, das tat, was zu tun war, und das Ergebnis mit Lachen und Gekreische quittiert wurde.
Weshalb hatte ich mich nicht überwinden können, Page zu küssen?
Oben angekommen, bin ich gar nicht erst ins Bad gegangen, sondern gleich in Richtung Haustür abgebogen. Ich verschwand nach draußen, ohne mich noch einmal umzusehen. Und dann begann ich zu rennen.

KAPITEL 48

WIEDERSEHEN MIT HUNDEHÄUFCHEN

»Das ging ja schnell«, begrüßte mich Mom, als ich nach Hause kam. Sie saß mit Oma und Georgia auf dem Sofa und sah sich *Die Braut des Prinzen* an, obwohl sie alle den Film schon in- und auswendig kannten. »Hast du etwas vergessen?«

»Nein. Ich bin nur … ähm … ich meine, ja. Ich hab vergessen, mit Junior Gassi zu gehen«, erklärte ich.

»Nein, hast du nicht«, entgegnete Georgia. »Du warst gleich nach dem Abendessen mit ihm draußen.«

»Ach so. Na ja, wenn ich nun schon mal da bin …«, sagte ich. »Komm her, Junge!«

In diesem Moment war ich einfach nicht in der Lage, irgendwelche Fragen zu beantworten. Deshalb legte ich Junior die Leine um und war kurz darauf wieder auf dem Weg zur Tür.

»Rafe?«, rief Mom.

Ihr Gesichtsausdruck war eindeutig: Sie wusste, dass etwas im Busch war. (Mom kann hellsehen – auf diese ganz bestimmte Art, die nur Mütter draufhaben.) Aber sie machte keine große Sache daraus.

»Nur einmal um den Block, in Ordnung?«, sagte sie.

Ich nickte und stürzte nach draußen.

Doch unterwegs achtete ich schon bald nicht mehr darauf, wohin ich lief, und Junior übernahm die Führung. Als ich endlich wieder vom Boden aufsah, hatten wir beinahe schon den Hundepark erreicht – Juniors allerliebsten Lieblingsort. Sobald wir auch nur in die Nähe des Hundeparks kommen, zerrt er immer wie verrückt an der Leine. Man hat den Eindruck, er stirbt, wenn wir auch nur eine Sekunde länger brauchen als nötig.

Ich hatte nichts dagegen, dem Hundepark einen kurzen Besuch abzustatten. *Sooo* spät war es noch nicht, und eine Menge Leute schienen mit ihren Hunden dort unterwegs zu sein. Doch dann musste ich wieder an die Party denken, und meine Stimmung verdüsterte sich.

Im Nachhinein wünschte ich mir, Quinn hätte mich gar nicht erst eingeladen. Mein ganzes Leben schien ein ständiges Auf und Ab zu sein. Immer wenn es gerade einmal aufwärtsging, geriet ich hundertprozentig auf irgendeine steile Rutsche, die mich umgehend wieder ganz nach unten beförderte.

DU GEWINNST
DU HAST 6 EINSEN UND MACHST EINEN TOUCHDOWN
Jeanne küsst dich
HOL DEINEN HUND! Lauf hier lang
Du bist im Football-team! RÜCKE 3 FELDER VOR!
WILLKOMMEN ZURÜCK IN LOSERSTADT
LEO HÄLT DICH FEST. BLEIB, WO DU BIST.
Unglaublich! Du hast einen Freund gewonnen! NOCH MAL WÜRFELN!
START
Du isst vergiftete Frikadellen. ZURÜCK AN DEN START.

UPPS!
Wieder alles vermasselt!
Du findest einen Cent!
TOUCHDOWN!
Schockstarre!
DANN NOCH MAL WÜRFELN!
Du wirst zu einer COOLEN Party eingeladen!
3 FELDER VORRÜCKEN
42 Fans (Tendenz steigend).
2 FELDER VORRÜCKEN
DEINE NOTEN WERDEN BESSER!
Alter, du hast 0 Freunde
WIEDER ZURÜCK
Du ziehst in die Großstadt.
EINE RUNDE AUSSETZEN
fliegst on der Schule.
ZURÜCK AN DEN START!
Eine 2 in Spanisch? ¡Bueño!
Mom hat Apfelkuchen gebacken!

Als wir den Hundepark durch das Türchen betraten, stürmte Junior sofort los, um seine Hundefreunde zu begrüßen und an ein paar neuen Hinterteilen zu schnüffeln. Kurz darauf jedoch drehte er auf einmal kleine Kreise und ging schließlich in die mir nur allzu bekannte Hockstellung.
In diesem Augenblick fiel mir siedend heiß ein, dass man niemals, NIEMALS ohne Plastiktüte in den Hundepark kommen sollte.
»Ist das dein Hund?«, fragte prompt eine andere Hundebesitzerin.
»Ja«, sagte ich. »Sie haben nicht zufällig noch eine zweite Plastiktüte dabei, oder?«
Sie sah mich an, als sei ich für nichts zu gebrauchen. »Soll das ein Scherz sein?«
»Ja, ich weiß schon ...«, sagte ich kleinlaut.
Und dann ging es los: »Jeder ist für die Hinterlassenschaften seines Vierbeiners selbst verantwortlich, Junge. So läuft das nun mal. Wenn du nicht einmal auf deinen eigenen Hund aufpassen kannst ...«
»Ich weiß, ich weiß«, wiederholte ich und ging hinüber zu der Stelle, an der Junior sein Geschäft gemacht hatte. Ich wollte mich nicht mehr anmeckern lassen. *Vielleicht kann ich eine meiner Socken benutzen,* dachte ich. Doch dann ...
»Hey, brauchst du eine Plastiktüte?«
Als ich mich umdrehte, stand dort Marley Grote und sah mich an. Es war exakt dieselbe Situation wie am Tag des Football-

spiels. Nur dass ich diesmal keinen Touchdown hinter mir hatte, sondern ein Hundehäufchen vor mir. Ansonsten aber war die Situation absolut identisch.

»Hier«, sagte Marley. An der Leine ihres Hundes hing ein kleiner Knochen aus Plastik, in dem eine Rolle Plastiktüten lag.

»Du bist aber gut vorbereitet«, sagte ich.

»Wenn ich mit meinem Vater unterwegs bin, bleibt mir auch gar nichts anderes übrig«, erwiderte sie und deutete auf eine Parkbank in der Nähe. Dort saß ein Mann, der gerade ein Baby fütterte. »Weshalb bist *du* nicht auf Quinns Party?«

»Da war ich«, erklärte ich. »Aber … ich musste noch mal mit Junior Gassi gehen.«

»Oh«, meinte sie.

»Weshalb bist *du* nicht auf Quinns Party?«, wollte ich von ihr wissen.

Marley sah mich belustigt an. »Ich war nicht eingeladen.«

Da begriff ich, dass ich besser nicht hätte fragen sollen. Upps … schon wieder.

»Du hast nicht viel verpasst«, sagte ich. *Bis auf den mit Abstand peinlichsten Moment meines Lebens.* »Hey, tut mir leid, dass ich neulich nach dem Footballspiel so unhöflich zu dir war.«

»Du warst nicht unhöflich.«

»Jeanne hat gesagt, ich sei unhöflich gewesen«, erzählte ich. »Aber das wollte ich nicht.«

Marley lächelte und wurde rot. Vermutlich war das ihre Art, mir zu sagen: *Du hast dich tatsächlich aufgeführt wie ein Vollpfosten, aber ich bin dir nicht böse.* Was sehr nett von ihr war, wie ich fand. Das würde mir ohnehin nicht noch einmal passieren.

»Welcher Hund gehört dir?«, fragte ich sie.

Marley zeigte hinüber zu einem Baum, unter dem drei kleine Hunde an ein und derselben Stelle am Boden schnüffelten.

»Die weiße Hündin mit dem rosa Halsband«, sagte sie.

»Wie heißt sie?«

»Justine Bieber.«

»Ernsthaft?«

»Ja, warum?«

»Ach, nur so«, winkte ich ab, weil ich schon einmal unhöflich zu ihr gewesen war, vielleicht sogar zweimal. Ich wollte das Schicksal nicht weiter herausfordern.

Außerdem sah es ganz danach aus, als ob Junior ein Auge auf Justine geworfen hatte. Weshalb sollte ich mich dem Glück der beiden in den Weg stellen?

Auf diese Weise hätte wenigstens einer von uns noch einen schönen Abend.

Ist das da drüben dein Hunde-häufchen?
Keine Sorge, mein Mensch kümmert sich darum.

KAPITEL 49

FALKE ODER FEIGLING?

Am Montagmorgen rechnete ich fest damit, dass mich alle mit meinem Abgang von der Party aufziehen würden. Ich hatte sogar versucht, mich krankzustellen, damit ich nicht zur Schule musste – aber Mom merkte sofort, dass ich kein Fieber hatte (der heiße Waschlappen auf meinem Gesicht hatte also nichts gebracht).

Flip war der Einzige, dem ich erzählte, was vorgefallen war. Ich sagte ihm, dass Flaschendrehen einfach nicht mein Ding sei, und das stimmte ja auch. Flip hatte überhaupt kein Problem mit meiner Reaktion, und ich hatte nichts anderes von ihm erwartet. Flip ist eben Flip – ein toller Typ.

Jedenfalls wartete ich den ganzen Montagvormittag darauf, dass mir jemand vorwerfen würde, wie armselig ich mich verhalten hatte, oder dass die Leute hinter meinem Rücken Knutschgeräusche machten. Doch es gab keinen einzigen Kommentar, von niemandem.

Zuerst kam mir das ganz gelegen. Mit der Zeit aber fragte ich mich, ob es überhaupt irgendjemandem *aufgefallen* war, dass ich die Party so früh verlassen hatte. Irgendjemandem außer Flip, meine ich. Anscheinend nicht.

Nicht, dass ich mir das gewünscht hätte.

Oder doch?

Später lief ich im Schulflur an Pages Cousine Carissa vorbei, die sich zur Seite drehte, als hätte sie mich nicht gesehen. Vielleicht vermutete sie, dass ich Page nicht mochte und deshalb nicht geküsst hatte. Aber das war nicht der Grund gewesen. Wie sollte ich jemanden nicht mögen, den ich nicht einmal kannte?

Im Förderunterricht war ich total nervös. Draußen in der Bibliothek saß Miller wie üblich vor dem Computer und surfte im Internet. Falls sich jemand über meinen Abgang am Samstag lustig machen würde, dann Miller. Zwar hatten wir beide nach wie vor eine Abmachung, aber hey, hier geht es um *Miller den Killer*. Ich traute ihm einfach nicht über den Weg.

Entsprechend erleichtert war ich, als der Förderunterricht vorbei war und Miller mich ohne Weiteres ziehen ließ. Vielleicht hatte sich diese Katastrophe beim Flaschendrehen ja schon in Wohlgefallen aufgelöst, und ich würde nie wieder etwas darüber hören.

Ich hatte die Bibliothek schon fast verlassen, als ich hinter mir plötzlich ein vertrautes Geräusch vernahm.

QUIIIETSCH!

Jemand hatte seinen Stuhl von einem der Computer weg nach hinten in den Gang gerückt.

Dann hörte ich Millers Stimme.

»Na, ihr trüben Tassen? Was geht ab?«, sagte er.

Ich blieb im Eingangsbereich der Bibliothek stehen – dort, wo man mich nicht sehen konnte – und linste um die Ecke. Dort drüben saß Miller und versperrte Jonny und Maya breitbeinig den Weg. Neben ihm stand Tug, sein Hilfssheriff, und sah grinsend zu.

»Lässt du uns bitte durch?«, fragte Maya, freundlich wie sie war.

»Was für'n Unterricht findet da drin statt?«, fragte Miller. Ernsthaft – konnte dieser Kerl sich nicht wenigstens mal etwas Neues einfallen lassen?

»Der Förderunterricht«, antwortete ihm Jonny. »Der ist für Schüler, die mehr Hilfe brauchen als andere.«

Woraufhin Miller und Tug in schallendes Gelächter ausbrachen. Die Sache ist die: Jonny mag schlau und sehr belesen sein, aber im Umgang mit seinen Mitmenschen hapert es etwas. Er versteht nicht immer, warum sein Gegenüber lacht. Vor allem versteht er nicht, dass es über ihn lacht.

»Nennen sie dich nicht Fakten-Fan?«, sagte Miller.

»Ja, richtig«, erwiderte Jonny.

»Na, dann erzähl uns mal etwas, das wir noch nicht wissen«, forderte Tug ihn auf. »Danach lassen wir euch beide laufen.«

»Weshalb seid ihr so?«, fragte Maya.

»Wie *sind* wir denn?«, sagte Miller mit Unschuldsmiene. »Wir wollen doch nur, dass Fakten-Fan uns mal zeigt, was er so draufhat.«

»Nun ja, beispielsweise stammen sowohl das größte Krokodil als auch der kleinste Mann der Welt von ein und derselben philippinischen Insel«, erklärte Jonny.

»Na, siehst du«, sagte Tug. »Das war doch halb so schlimm. Erzähl uns noch was.«

In diesem Moment beschwerte Maya sich mit lauter Stimme: »Mrs Seagrave! Diese beiden Jungen ärgern uns!«
»RUHE!«, brüllte Mrs Seagrave nur, auf die ihr eigene, liebenswerte Art. Aber zumindest waren Miller und Tug durch Mayas Hilferuf bei ihrem Lieblingshobby gestört worden.
»Komm, wir gehen, Jonny«, sagte Maya jetzt, während es ihr gelang, sich unbehelligt an Miller und Tug vorbeizuquetschen. Als Jonny an ihnen vorbeilief, konnte es Tug jedoch nicht lassen, ihm den Bücherstapel aus der Hand zu schlagen.
»Pass doch auf, Fakten-Fan«, meinte Tug. »Wenn du weiter so unaufmerksam bist, liegst du eines Tages selbst da unten.«
Miller lachte. Und ich stand einfach nur da und sah tatenlos zu, wohl wissend, dass ich eigentlich hätte dazwischengehen müssen.
Die Sache schien mir ziemlich verzwickt zu sein. Im Prinzip waren Miller und Tug meine Mannschaftskameraden. Wir alle waren Falken und sollten zusammenhalten und so weiter. Aber irgendwie spielte ich auch in Jonnys und Mayas Mannschaft mit – bei den *besonderen* Schülern. Ich wünschte mir nur, dieser Begriff hätte etwas Positiveres bedeutet als das, wofür er in Wahrheit stand.
Oh, wie sehr ich mir das wünschte!
Obwohl ich wusste, dass es falsch war, sich einfach umzudrehen und davonzuschleichen, habe ich genau das getan. Nach dem, was auf der Party geschehen war, musste ich extrem vorsichtig sein. Ich wollte nicht wieder zur Mobbing-Zielscheibe

WIR SIND … DIE
BESONDEREN
WIR KÄMPFEN GEGEN DAS BÖSE (UND IDIOTEN)!

der Hills Village Middle School werden. Ich dachte, es würde mir besser gehen, wenn ich mich unauffällig verzog und nicht mehr allzu viel darüber nachdachte, was geschehen war.

Aber wisst ihr was?

Da hatte ich mich gewaltig getäuscht.

KAPITEL 50

BESSER SPÄT ALS NIE

Wahrscheinlich hätte ich mit Flip über die ganze Geschichte reden können. Oder mit Mom. Oder sogar mit Mr Fanucci. Aber ich tat es nicht. Um ehrlich zu sein, hätte ich mich nicht getraut zuzugeben, dass ich einfach so davongelaufen war.

Zumindest wollte ich es vor niemandem zugeben, den es wirklich gab. Nur mit Leo habe ich mich an jenem Abend darüber unterhalten.

»Ich hätte etwas sagen sollen. Wenn der Football nicht wäre, dann wäre *ich* Millers Opfer gewesen und nicht Jonny und Maya«, sagte ich ihm. »Und jetzt fühl ich mich ganz elend und hab den Eindruck, es gibt einfach kein Richtig und kein Falsch mehr.«

Wie üblich gelang es Leo spielend, dafür zu sorgen, dass es mir schon nach kurzer Zeit besser ging. Und nicht nur das. Er hatte wie immer auch noch ein, zwei tolle Ideen auf Lager.

»Du weißt, dass es noch nicht zu spät ist«, sagte er.

»Zu spät für was?«, fragte ich.

»Um etwas zu *sagen*.«

»Wie meinst du das?«

»Du weißt, was ich meine«, erklärte er. »Denk einfach mal darüber nach.«

Und das tat ich. Wobei ich nicht nur eine kleine Erleuchtung nach der anderen hatte, sondern sogar ein Thema für mein Projekt im Kunstunterricht fand – endlich.

Je länger Leo und ich darüber sprachen, umso ausgefeilter wurde mein Plan. Ms Donatello wollte, dass ich mit meiner Kunst etwas Bestimmtes zum Ausdruck brachte? Mein ganz persönliches Kunstwerk schuf? Mir hohe Ziele steckte?

Das alles war plötzlich kein Problem mehr für mich.

Auch diese Aktion würde mein Geheimnis bleiben, auch diese Aktion würde jeder sehen können. Aber nicht nur das: Diesmal hatte ich mir eine ganz besondere Stelle für mein Projekt ausgesucht. Mrs Stricker würde es nicht mehr abreißen oder herunternehmen können, egal, wie hartnäckig sie es versuchte.

Es wurde Zeit, Operation K. I. M. auf eine ganz neue Stufe zu heben.

KAPITEL 51

KÜNSTLER IM MALFIEBER 2.0

Am nächsten Morgen brannte ich richtig darauf loszulegen.

Zuerst fragte ich Oma, ob ich mir ihr Handy für einen Tag ausleihen durfte. Mom braucht ihr Handy ständig, aber Omas Mobiltelefon liegt meist nur auf ihrer Kommode. Als sie mich fragte, wofür ich es brauche, erzählte ich ihr von einem Kunstprojekt – was die reine Wahrheit war. Oma Dotty gab sich damit zufrieden.

Bevor ich zur Schule aufbrach, ging ich in mein Zimmer und übte ein wenig für das, was auf mich zukommen würde. Ich setzte Junior aufs Bett und fotografierte ihn mit Omas Handy. Dabei hielt ich mir das Handy seitlich ans Bein, sodass es nicht danach *aussah*, als würde ich Fotos machen. Mindestens die Hälfte dieser Aufnahmen verfehlten Junior – das eigentliche Ziel –, waren verschwommen oder beides. Aber das war nicht weiter schlimm. Irgendwie mochte ich diese Bilder fast noch lieber, weil man bei ihnen nicht so genau wusste, was sie zeig-

ten. Verschwommen und verwackelt, wie sie waren, sahen sie mehr nach »Kunst« aus.
Danach steckte ich Omas Handy in meinen Rucksack, gab Mom einen Abschiedskuss und war bereit für meinen großen Tag.
Wie sich herausstellte, war es gar nicht so schwer, Fotos von den Situationen zu machen, die ich festhalten wollte. Ich musste nur die Augen offen halten, besonders in Momenten, in denen keine Lehrer in der Nähe waren. Im Lauf des Tages entstanden Aufnahmen in den Toilettenräumen, im Flur, in den Umkleidekabinen der Turnhalle, im Bus, auf dem Schulhof und auf den Treppen.
Meine ersten Fotos knipste ich im Bus, als Jeremy Savin einen anderen Schüler im Nacken packte und von der letzten Sitzreihe schubste.

Kurz vor der ersten Stunde sah ich, wie ein paar Jungs versuchten, Alvin Wu in seinen Spind zu sperren. *Klick! Klick!*

In der dritten Stunde, als wir uns etwas durchlesen sollten, machten sich Felicia Tollery und Ava Barlett hinter Dee-Dees Rücken über sie lustig, deuteten immer wieder auf ihr iPad und lachten dabei.

KIM nahm seinen Auftrag sehr ernst und dokumentierte all diese Vorfälle anhand von Fotos.
Während der Mittagspause wollte ich gerade einen Schnappschuss von ein paar Achtklässlern machen, die einige jüngere Schüler von ihrem Tisch in der Cafeteria verjagten, als ich plötzlich eine vertraute Stimme hinter mir hörte.

»Darf ich fragen, was genau du da tust, Rafe Khatchadorian?«, fragte Mrs Stricker.
»Ich … äh … wollte nur gerade jemanden anrufen«, erwiderte ich und hielt Omas Handy in die Höhe.
»In dieser Schule ist die Nutzung von Mobiltelefonen nur mit einer Sondererlaubnis gestattet«, belehrte sie mich.
»Ich weiß. Aber das war so eine Art Notfall.«
»Ich bitte dich. ›Eine Art Notfall‹ gibt es nicht!«, sagte Mrs Stricker. Im selben Moment ließ Flip sich direkt vor unseren Füßen zu Boden fallen und begann laut zu jammern.

»AUUUAAA! Ich glaub, ich hab mir den Knöchel gebrochen!«, rief er. »AU-AU-AUUUAAA!«
Flip wusste nicht, was ich mit dem Handy getan hatte. Er hatte nur gesehen, dass ich in Erklärungsnot steckte und war mir beigesprungen. Ich glaube, ihm fiel nicht einmal auf, dass er sich den Bauch hielt, während er über seinen Knöchel klagte, aber so oder so hatte er Mrs Strickers Aufmerksamkeit auf sich gezogen. Und mir blieb genug Zeit, um mich unauffällig zu verdrücken. (Danke, Flip!)
Wenn es mir jetzt noch gelingen würde, mich den Rest des Tages von Mrs Stricker fernzuhalten, war mein Projekt erfolgreich abgeschlossen.
Phase eins zumindest.

KAPITEL 52

PHASE ZWEI

In Phase zwei ging es darum, »Kunst zu schaffen«.

Als ich nach Hause kam, hatte ich 103 Fotos auf Omas Handy. Die meisten konnte man sofort in die Tonne treten, aber elf waren gar nicht schlecht geworden, und acht davon konnte ich auf jeden Fall verwenden.

Mom sagt, die meisten Künstler würden nach dem Motto arbeiten: »Wirf ein paar Sachen gegen die Wand und warte ab, was davon kleben bleibt.« Übertragen auf mein Projekt bedeutete das wohl, dass acht Fotos kleben blieben. Ich kopierte sie auf meinen Computer und bearbeitete sie, damit ich sie für meine Zwecke nutzen konnte.

Zuerst färbte ich die aufgenommenen Personen komplett ein, damit nur noch ihre Umrisse zu sehen waren. Die Mobber wurden rot, die Schüler, auf die sie es abgesehen hatten, färbte ich grün. Auf diese Weise konnte man die einzelnen Leute zwar nicht mehr erkennen, aber immer noch verstehen, was vor sich ging.

Was genau ich damit »ausdrücken« wollte, habe ich anschließend noch deutlicher gemacht. Ms Donatello hatte uns ja die Frage gestellt, welche Botschaft wir mit unserer Kunst verbreiten wollten. Meine Botschaft war kurz und knackig, sie lautete: *Sei fair.*

Als die Fotos fertig waren, postete ich sie auf einer eigenen Seite auf MyComics.de. Ich legte einen völlig neuen Account dafür an, damit sie nicht in Zusammenhang mit den Loser-Comics und R. K. Wieauchimmererheißt auftauchten. Dies hier sollte allein auf das Konto des stinkreichen, anonymen *Künstlers Im Malfieber* gehen.

Das Problem dabei war, dass ich nicht ewig anonym bleiben *konnte*, da mein Kunstprojekt ja benotet werden sollte. Mittlerweile jedoch schien das Ganze irgendwie zum Selbstläufer geworden zu sein, wie ein Auto, das ungebremst einen Berg hinunterrollt. Die Sache ließ sich nicht mehr aufhalten, selbst wenn ich gewollt hätte. Daher beschloss ich, mich später um das Thema »Ms Donatellos Benotung« zu kümmern.

Außerdem war ich noch gar nicht fertig. Die Bilder auf My-Comics.de zeigten zwar schon, was ich mit meinem Kunstprojekt ausdrücken wollte, aber schließlich mussten die anderen in der Schule ja auch noch erfahren, wo es zu finden war. Was ist eine Meinung schon wert, wenn niemand von ihr erfährt? Genau darum sollte es in Phase drei gehen …

… für die ich *auch* schon einen Plan hatte.

Am nächsten Tag würde viel auf dem Spiel stehen, und das meinte ich in zweierlei Hinsicht. Zum einen würde es nach der Schule zur Footballbegegnung zwischen den Falken der Hills Village Middle School und den Belleville Raiders kommen. Aber auch ich selbst würde weiter »spielen«. Gleich nach der Mittagspause würde es eine Versammlung in der Turnhalle geben, auf der unsere Footballmannschaft noch einmal offiziell angefeuert werden sollte. Bis dahin musste ich fertig sein.

In der Zwischenzeit bräuchte ich nur noch ein paar leere Notizblätter, einen dicken Stift, Klebeband, etwas Glück und ein paar diskrete Handgriffe in der Schule, kurz vor der Versammlung.

Das alles war kein Problem, KIM 2.0 würde sich darum kümmern.

KAPITEL 53

GUT SICHTBARE VERSTECKE

Ich heiße KIM, und ich habe einen neuen Auftrag.

Dieser Auftrag ist eine Mischung aus Kartenhaus und Handgranate. Eine falsche Bewegung, und – *WUMMS!* – stürzt das Ganze in sich zusammen. Ich werde genau zur richtigen Zeit und in exakter Reihenfolge an einem Dutzend Orte sein müssen.

Aber das ist noch nicht alles. In diesem als Schule getarnten Hochsicherheitstrakt wimmelt es tagsüber nur so von Wachposten. Hier kommt es darauf an, sich unter den Blicken der anderen möglichst normal zu verhalten und dann blitzschnell zu handeln, sobald man unbeobachtet ist.

Ich laufe betont lässig durch den Flur, als gehöre ich dazu. Die stellvertretende Oberaufseherin Stonecase geht an mir vorbei, und ich nicke ihr freundlich (aber nicht zu freundlich) zu. Sie hat nicht die leiseste Ahnung, dass ich als Geheimagent tätig bin – meine gewöhnliche Straßenkleidung und die falsche, angeklebte Nase tarnen mich.

Sobald ich allein bin, lege ich los.

Zuerst hole ich noch einmal meine Radarantennen hervor, die ich in einem völlig unauffälligen Rucksack bei mir trage. Die Luft scheint rein zu sein, und so laufe ich weiter Richtung Turnhalle.
Mein erster Halt ist der sogenannte Geräteraum der Turnhalle. Ich weiß, dass es sich hier nur um den fadenscheinigen Decknamen für Oberaufseherin Strickers Raketenbunker handelt, aber darüber kann ich mir jetzt keine Gedanken machen.
Ich arbeite schnell. Ich arbeite sorgfältig. Ich versuche, nicht an die beiden wärmegesteuerten Raketen zu denken, die direkt unter meinen Füßen lagern. Und ich verlasse die Turnhalle in derselben Sekunde wieder, in der ich meine Lieferung losgeworden bin.
Auch bei der nächsten Aktion ist höchste Eile geboten. Erneut durchquere ich den Hochsicherheitstrakt wie ein Ninja-Tornado und hinterlasse in jeder freien Ecke winzige Teillieferungen mit verschlüsselten Nachrichten. Wenn die Insassen sie finden – und das *werden* sie –, wissen sie, was zu tun ist.
Das war's. Nicht einmal 20 Minuten habe ich für die Ausführung meines Auftrags gebraucht. Der Rest dieser Operation liegt nicht in meiner Hand. Von jetzt an geht mein Leben so weiter, als sei nichts von alldem geschehen.
Und es ist ja auch nichts geschehen. (Ihr verratet mich doch nicht?)

KAPITEL 54

SPEKTAKULÄRE ENTHÜLLUNG

Als Mrs Stricker uns durch ihre Sprechanlage anwies, zum Anfeuern der Footballmannschaft in die Turnhalle zu kommen, war ich bereits klitschnass geschwitzt. Dieses ganze Herumgerenne auf den letzten Drücker hatte mich fix und fertig gemacht. Doch jetzt war ich bereit für Phase drei.

Die Veranstaltung für die Footballmannschaft sollte folgendermaßen ablaufen:

Während sich alle Schüler in der Turnhalle versammeln und auf der Zuschauertribüne Platz nehmen würden, würde die Footballmannschaft in den Umkleidekabinen warten.

Dann würde Trainer Shumsky einige Worte an die Menge richten. Schließlich würden ein paar Mitglieder des Schülerrats ein riesiges, zusammengerolltes Banner aus dem Geräteraum holen. Die Cheerleader würden für gute Stimmung sorgen, und die Schülerratsmitglieder würden das Banner entrollen, sodass alle in der Turnhalle das Motto *Los, Falken, los!* lesen konnten. Im Anschluss daran würden die Football-

spieler aus den Umkleidekabinen laufen, durch das Banner rennen und es dabei zerreißen.
Alles klar? So hätte die Veranstaltung *eigentlich* ablaufen sollen. Und genau so lief sie auch ab – bis zu dem Zeitpunkt, an dem das Banner vor aller Augen entrollt wurde.
Auf dem Banner war wie geplant *Los, Falken, los!* zu lesen.
Aber nicht nur das.
Nicht mehr.
Doch noch sind wir nicht so weit.
Ich stand also in der Umkleidekabine, eingereiht in die Footballmannschaft, und wartete darauf hinausstürmen zu können. Trainer Shumsky hielt gerade seine Rede, und ich fragte mich, ob ich vielleicht irgendetwas übersehen hatte. Was, wenn jetzt noch irgendetwas schieflaufen würde?
»Alles klar bei dir?«, fragte Flip. »Du schwitzt ja wie ein Affe. Keine Ahnung, ob Affen überhaupt schwitzen … Du bist jedenfalls klitschnass.«
»Mir geht's gut«, erwiderte ich. Irgendwie wünschte ich mir, ich hätte Flip in diese Aktion einweihen können, aber je weniger er wusste, umso besser. Ich schwieg auch zu seinem eigenen Schutz.
Außerdem wäre es in diesem Moment ohnehin zu spät gewesen.
»Langer Rede kurzer Sinn …«, sagte Trainer Shumsky gerade, und ich konnte hören, wie das große Papierbanner entrollt wurde *(raschel, raschel, raschel …)*.

»HIER KOMMEN …«

(raschel, raschel, raschel …)

»… DIE HILLS-VILLAGE-FALKEN!«

Woraufhin die Cheerleader und alle anderen zu schreien begannen.

»LOS, FALKEN, LOS!«

Das war der Augenblick, in dem wir aus der Umkleidekabine stürmten. Da wir von hinten kamen, konnte ich die Vorderseite des Banners nicht sehen, aber ich bemerkte die verwirrten Blicke der Leute auf den Tribünen. Im selben Moment veränderten sich die Anfeuerungsrufe.

… wurde zu …

Die Zuschauer nämlich hatten Folgendes gesehen:

In der Zwischenzeit rannten die ersten Falken durch das Banner, als stünde dort ein Haufen Belleville Raiders. Ich und ein paar andere kamen zu spät. Als wir endlich vorne standen, war das Banner bereits komplett zerrissen, und auf dem Hallenboden lagen Millionen winziger Papierschnipsel.
Mrs Stricker warf Mrs Stonecase einen Blick zu, woraufhin Mrs Stonecase begann, etwas in ihr Handy zu tippen. Die Cheerleader sorgten weiterhin für Stimmung und auch die Anfeuerungsrufe der Zuschauer ebbten nicht ab. Trotzdem konnte ich sehen, wie ein paar Schüler sich fragend ansahen.
Was ist das für eine Website?, schienen sie zu denken.
Und ich weiß auch, was *ihr* jetzt denkt: Welchen Sinn hatte

es, das Banner so zu verändern, wenn es die anderen nur ein paar Sekunden vor Augen hatten?
Tja, Phase drei war eben noch nicht zu Ende.
Es könnte nämlich sein, dass nach der Veranstaltung überall kleine Papierstreifen gefunden wurden – zum Beispiel in den Spinden, in den Toilettenräumen, in der Bibliothek oder im Musikzimmer –, und auf diesen kleinen Papierstreifen dasselbe stand wie auf dem Banner.
Und dass ich auch daran nicht ganz unschuldig gewesen bin.

KAPITEL 55

ICH WERDE BERÜHMT – ODER AUCH NICHT

Der Rest des Schultages war purer Wahnsinn. Meine SEI-FAIR-Aktion breitete sich schneller aus als ein Brand in der Streichholzfabrik.

Immer wenn ich an der Bibliothek vorbeilief, saßen die Leute vor den Computern und sahen sich die Bilder von mir auf MyComics.de an. Und ich kam *häufig* an der Bibliothek vorbei. Nie zuvor in meinem Leben bin ich so oft durch einen Flur gelaufen.

Ich bekam auch immer wieder mit, dass sich die anderen Schüler darüber unterhielten. Die Geschichte sorgte für mehr Gesprächsstoff als all meine KIM-Aktionen zuvor. Ein Mädchen hatte sich sogar eins meiner Bilder ausgedruckt und auf ihre Mappe geklebt. Diese kostenlose Werbung kam mir sehr gelegen.

Alles in allem war die Aktion also ein voller Erfolg. Ich hatte mit meiner Kunst eindeutig etwas zum Ausdruck gebracht, das mir persönlich wichtig war, genau wie Ms Donatello es

von uns verlangt hatte. Zudem war es ganz anders als alles, was ich bisher für Operation K. I. M. getan hatte – und auch das war ja Ms Donatellos Wunsch gewesen.
Ich fragte mich, ob sie schon etwas mitbekommen hatte. Und was sie darüber dachte.
Vielleicht würde ihr die SEI-FAIR-Aktion gefallen. Vielleicht wäre sie sogar stolz auf mich. Vielleicht würde ich dafür eine Eins bekommen.
Das heißt … wenn ich jemals einen Weg finden würde, ihr zu verraten, dass es meine Idee war.

KAPITEL 56

DAS SPIEL GEHT WEITER

Nach Schulschluss war mein Tag noch lange nicht zu Ende. Ihr erinnert euch doch sicher noch, dass wir an diesem Nachmittag gegen die Belleville Raiders antreten sollten?

Als wir über das Spielfeld joggten, um uns aufzuwärmen, fühlte ich mich richtig gut. Die SEI-FAIR-Aktion war besser gelaufen und angekommen, als ich gehofft hatte.

An diesem Nachmittag saßen ungefähr doppelt so viele Zuschauer auf den Tribünen wie beim letzten Spiel gegen die Southside Middle School. Und auch wenn all diese Menschen natürlich nicht vor Ort waren, um *mich* zu sehen, machte es mir Spaß, so zu tun als ob. Für einen Augenblick zumindest. Ich hatte wirklich den Eindruck, dass diesmal *jeder* zum Footballspiel gekommen war. Mr Fanucci saß neben Mom, Oma und Georgia, was ein wenig merkwürdig war. Jeanne stand wieder hinter dem Imbiss und hatte dieses Mal hoffentlich nicht nur Augen für das Popcorn. Marley und ihre

Freundinnen saßen ganz oben auf der Zuschauertribüne und kicherten wie üblich.
Ich hatte damit gerechnet, dass der Trainer mich jetzt, beim zweiten Spiel, gleich zu Beginn aufstellen würde, aber Pustekuchen. Während des gesamten ersten Spielviertels saß ich mir den Hintern auf der Reservebank platt.
Doch dann, nach dem ersten Spielzug des zweiten Viertels, kamen endlich die Falken in Ballbesitz und Trainer Shumsky rief mir zu, ich solle mich zusammen mit den anderen Angreifern bereit machen.
Ich war aufgeregt, weil ich noch einmal einen Touchdown schaffen wollte. Oder zwei. Oder zehn. Aber irgendwo tief drinnen zitterten mir auch die Knie, weil ich nicht wusste, ob es mir gelingen würde.
Auf jeden Fall wollte ich es herausfinden.
Als wir die Köpfe zusammenstecken, erklärte uns Tug, welcher Spielzug geplant war. Allerdings war ich so damit beschäftigt, mich zu konzentrieren, dass ich sofort wieder vergessen habe, was er sagte. Alles, was ich hörte, war »Bla bla bla und, Khatchadorian, du kümmerst dich ums Mittelfeld«. Zumindest hatte ich mitbekommen, was *ich* zu tun hatte. Und so lief ich aufs Spielfeld und nahm meine Position ein.
Im Moment der Ballübergabe an Tug kam auch schon einer der Belleville Raiders auf mich zugelaufen. Ich bewegte mich hin und her wie ein glibberiges Rührei, bis es mir irgendwie gelang, an ihm vorbeizukommen.

Danach rannte ich das Spielfeld ein gutes Stück hinunter und drehte mich um. Tug sah, dass ich frei war, und spielte den Ball mit einem zielgenauen Wurf in meine Richtung.

Ich sah den Ball …

behielt ihn im Auge …

riss die Arme hoch, um ihn zu fangen …

bevor er – *WUSCH!* – durch meine Hände fiel und wie ein überfahrenes Tier auf dem Spielfeld aufschlug.

Megapeinlich!

»Alles gut, alles gut!«, schrie der Trainer von der Seitenlinie. »Macht nichts, Jungs! Konzentriert euch und versucht es noch einmal!«

Erst einige Spielzüge später bekam ich eine zweite Chance und war entschlossener denn je.

Ich sollte Raum gewinnen – und das tat ich auch. Vielleicht gelang es mir auch deshalb, die Verteidiger der Belleville Raiders abzuhängen, weil sie mich jetzt nicht mehr für voll nahmen. Jedenfalls hob ich die Arme, Tug feuerte den Ball in meine Richtung und …

WUSCH!

Diesmal hatte ich den Ball nicht einmal gestreift.

Was nervte. Miller starrte mich an, als sei ich eine wandelnde Beleidigung für jeden Footballspieler. Und ich fragte mich mittlerweile, ob mein allererster Touchdown wohl auch mein letzter gewesen war.

Es sah nicht gut aus für mich. Wenn es so weiterginge, wäre

ich bald zurück im Miller-der-Killer-Land. Vielleicht schon nach diesem Spiel.

Doch dann geschah etwas absolut Unglaubliches.

Eine glückliche Fügung.

Und unglaublich deshalb, weil Miller persönlich dafür sorgte.

KAPITEL 57

RENN UM DEIN LEBEN

Als wir uns zur Besprechung des nächsten Spielzugs trafen, sagte Miller: »Tug, du bekommst den Ball zuerst. Anschließend wirst du ihn an Khatchadorian weitergeben, und ihr anderen sorgt dafür, dass er freie Bahn hat.«
Michael Alvarez sah genauso verwirrt aus wie ich. Miller war heute nicht einmal unser Quarterback, machte aber gerade einen auf Cheftrainer.
»Aber Trainer Shumsky hat gesagt …«, widersprach Michael.
»Ich weiß, was ich tue«, unterbrach ihn Miller. »Also hört mir gefälligst zu. Khatchadorian könnte sich nicht einmal eine Erkältung einfangen, wenn man sie ihm zuwerfen würde …«
»Na danke«, meinte ich.
»Aber er rennt wie ein geölter Blitz. Ist doch so, Khatchadorian?« Miller sah mich an.
»Stimmt«, erwiderte ich, denn das war die einzig richtige Antwort in diesem Moment.
»Und genau das wirst du jetzt tun«, ordnete Miller an. »Sobald du den Ball hast, rennst du los, als ob dein Leben davon

abhängt – das trifft es nämlich ganz gut. Ich will dieses Spiel gewinnen. Hat irgendjemand ein Problem damit?«

Niemand schien ein Problem damit zu haben, denn kurz darauf nahmen wir unsere Positionen ein.

Quinn übergab Tug den Ball. Ich rannte zu ihm, und er reichte den Ball an mich weiter, genau wie Miller es gesagt hatte. Und dann, als die anderen wie verrückt zu blocken begannen, begann ich wie verrückt zu rennen.

»LAUF!«, schrie Miller.

Und so lief ich. Ich hatte das Gefühl, der Teufel wäre hinter mir her – und so falsch lag ich damit ja nicht. Jedenfalls brachte mich meine Angst dazu, schneller zu rennen als je zuvor in meinem Leben. Ich stellte mir einfach vor, dass Miller mich mit diesem »Appetit auf Rafe-Burger«-Blick verfolgte – das reichte, um den höchsten Gang einzulegen. Eh ich wusste, wie's mir geschah, rannte ich auch schon geradewegs in die Endzone hinein.

Touchdown! Die Falken holen sechs Punkte!

Khatchadorian wird noch ein paar Tage weiterleben!

Die Leute jubelten, über mir stapelten sich wieder die Mannschaftskameraden, und ich konnte meine Mom hören, die lauter schrie als jeder andere auf der Zuschauertribüne.

»GUT GEMACHT, LIEBLING!«

LOS, FALKEN!
FALKEN
RK
LOS, RAFE!
RENN
RAFE
RENN
NICHT VERSAGE
LOS, RK!
29

Auf das »Liebling« hätte ich gerne verzichtet, aber ich will jetzt nicht kleinlich werden. Alles in allem war es großartig, einfach nur großartig.

Ihr werdet es kaum glauben, aber auch Trainer Shumsky war begeistert. Er hielt Miller keine Standpauke, weil er die Spielleitung an sich gerissen hatte. Stattdessen schlug er in der Pause vor, das Ganze erneut zu versuchen.

Um es kurz zu machen, Millers Idee funktionierte noch zwei weitere Male. Erst danach hatten die Belleville Raiders begriffen, was vor sich ging, und konzentrierten fortan all ihre Kräfte darauf, mich aufzuhalten.

Da war es allerdings schon zu spät. Endstand: Falken: 25 – Raiders: 18. Allein auf mein Konto gingen ganze drei – ich wiederhole: drei! – Touchdowns. Ich wusste nicht, ob ich damit schon einen neuen Schulrekord aufgestellt hatte, auf dem Planeten Rafe jedenfalls hielt ich den Weltrekord.

Es war ein Gefühl, als würde ich in einem Film mitspielen und irgendeine andere Person darstellen.

Aber das hier war tatsächlich *ich*.

Und das Verrückteste dabei war, dass ich diesen ganzen Rummel Miller zu verdanken hatte!

KAPITEL 58

MÜLLMANN WIDER WILLEN

Nachdem ich Mom umarmt hatte, von Oma fast erdrückt worden wäre und mir ein Haufen Leute gratuliert hatten (Marley war diesmal allerdings nicht zu mir gekommen), wollte ich noch etwas erledigen, solange ich Gelegenheit dazu hatte.

Miller hat etwa alle hundert Jahre einmal gute Laune, deshalb schien mir der richtige Augenblick gekommen zu sein, ihn um einen Gefallen zu bitten. Und so verabredete ich mit Mom, sie auf dem Parkplatz wiederzutreffen, und ging Miller suchen.

Ich weiß schon, mein Vorhaben klingt ein bisschen so, als hielte ich nach einem Bus Ausschau, vor den ich laufen könnte. Aber die Sache war zu wichtig für mich.

Schließlich entdeckte ich Miller. Er stand allein am Imbissstand, was gar nicht schlecht war. Auf diese Weise hätten wir ein kleines bisschen Ruhe.

»Äh, Miller?«, sagte ich.

»Was?«, fragte er.

Als er sich umdrehte und mir ins Gesicht sah, verließ mich ein wenig der Mut. Aber es war zu spät, um zu kneifen.
»Du erinnerst dich doch noch an unsere kleine Abmachung, oder?«, fragte ich.
»Ja. Du holst Punkte beim Football und bleibst dafür am Leben«, erwiderte er.
»Genau. Also, ich hab mir gedacht …«
»Boah, bin jetzt schon gelangweilt. Beeil dich.«
»Sagen wir mal, ich hole auch beim nächsten Spiel wieder Punkte«, erklärte ich. »Wie wär's, wenn du im Gegenzug nicht nur mich in Ruhe lässt, sondern auch Maya, Jonny und Dee-Dee?«
Miller lachte laut, als ob er das für einen erstklassigen Witz hielte.
»Was hast du vor? Versuchst du gerade, die Bedingungen neu zu verhandeln? Wir sind hier nicht bei *Wünsch dir was,* Khatchadoofian«, sagte er.
»Ich weiß«, meinte ich, »aber …«
»Unsere Abmachung habe ich mit *dir* getroffen, nicht mit all den anderen Losern an dieser Schule«, stellte Miller klar. »Und ich bin nur deshalb so überaus nett zu dir, weil ich beim Football gewinnen will.«
»Vielleicht denkst du einfach noch mal drüber nach?«, schlug ich vor. »Bitte.«
»Ja, ich denk noch mal drüber nach«, erwiderte er.
»Danke.«

»Fertig gedacht«, sagte Miller eine Sekunde später. »Und jetzt verschwinde hier. Ich muss pinkeln.«

»Hier, am Imbiss?«, fragte ich.

»HAU AB!«, sagte Miller in einer Tonlage, auf die bisher immer etwas sehr Schmerzhaftes gefolgt war.

In diesem Augenblick kam Jeanne mit einem Müllsack hinter dem Imbissstand hervor.

»Oh«, sagte sie. »Hi, Miller. Hi, Rafe.«

»Hey, Jeanne«, begrüßte ich sie. Ich wusste, dass sie auch dieses Footballspiel nicht verfolgt hatte, sonst hätte sie sicher etwas dazu gesagt.

»Kann mir einer von euch Jungs einen Gefallen tun und den Müll hinüber zu den Tonnen bringen?«, fragte sie und hielt den Müllsack hoch.

»Äh …«, stammelte ich.

»Rafe macht das schon«, sagte Miller. »Er wollte sowieso gerade gehen. Stimmt doch, Khatchadorian?«

So viel zum Thema *Miller um einen Gefallen bitten*.

»Ja«, sagte ich schließlich, »das wollte ich.«

Und so viel zum Thema *Jeanne beeindrucken*.

Denn dafür sind Footballhelden nach dem Spiel schließlich da, nicht wahr? Um den Müll wegzubringen.

Hab es heute auf 3 Touchdowns gebracht.
Was ist ein Touchdown?
Kann man das essen?

KAPITEL 59

FERNSEHSTAR

Während meiner Fahrt zur Schule am nächsten Morgen kreisten meine Gedanken immer noch um das Footballspiel. Das änderte sich allerdings schlagartig, als ich aus dem Bus stieg und einen Übertragungswagen von Supersender-TV auf dem Schulparkplatz stehen sah.

Ein Kameramann und ein Mann mit Mikrofon standen bei ein paar Schülern, die von ihren Eltern zur Schule gefahren worden waren.

Als ich vorbeilief, sah ich den Fernsehreporter gerade mit Jeanne und ihrer Mutter sprechen.

»Ich halte das für ein wichtiges Thema«, sagte Jeanne. »Jeder weiß doch, dass Mobbing ein großes Problem ist, aber niemand tut etwas dagegen.«

Das ließ mich natürlich aufhorchen. Ich griff auf meinen guten, alten Herumlunger-Trick zurück, blieb mitten auf dem Gehweg stehen und begann meine Schuhe zu binden – in Zeitlupe.

»Und warum, glaubst du, ist Mobbing ein so großes Problem

an der Hills Village Middle School?«, wurde Jeanne von dem Reporter gefragt.
»Ich denke, Mobbing gibt es an jeder Schule«, erwiderte sie. »Und wenn eine Aktion wie diese die Leute dazu bringt, darüber zu sprechen, finde ich das richtig gut. ›Sei fair‹ ist doch eine eindeutige Botschaft, meinen Sie nicht auch?«
Beinahe hätte ich lauthals »JIPPIE!« geschrien, konnte es aber in letzter Sekunde noch mit einem Hüsteln kaschieren. Leider wurde aus meinem gespielten Husten ein echter Hustenanfall und das Ganze schließlich so nervig, dass Jeanne und der Typ mit dem Mikrofon sich zu mir umdrehten.
Ich verdrückte mich schleunigst. Mein Gesicht in Zusammenhang mit dieser Aktion im Fernsehen zu sehen war im Moment das Letzte, was ich gebrauchen konnte.
Trotzdem war ich furchtbar aufgeregt. Ich konnte kaum glauben, dass ein Fernsehsender über *mein* Kunstprojekt berichten wollte. (Ich korrigiere: über ein anonymes Kunstprojekt, das vielleicht von mir stammte.) Vermutlich hatten gestern Abend einige Schüler ihren Eltern davon erzählt, und eins hatte zum anderen geführt.
Ich hatte nichts dagegen, im Gegenteil. KIM schien mittlerweile zu den ganz Großen zu gehören – ziemlich verrückt, was?
(Achtung Spoiler-Alarm: Nicht halb so verrückt wie das, was noch kommen sollte, bevor schließlich alles zu Ende war. Bleibt am besten einfach dran.)

In der Schule war heute was los...
SEI FAIR...
Mobbing?
Schüler gegen Schüler
Schüler gegen Schüler...
Supersender-
Ich bleib dran!
Das ist keine Schule, sondern ein Kriegsgebiet.
MyComics.de
Dagegen muss man doch was tun...
MOB-BER

KAPITEL 60

KURZ VOR DEM VULKANAUSBRUCH

An diesem Tag hatte sich Mr Fanucci für unsere Lerngruppe etwas ganz Besonderes ausgedacht. Nachdem er die Ereignisse rund um die SEI-FAIR-Aktion zusammengefasst und noch einmal erklärt hatte, was es mit diesem Motto auf sich hatte, fragte er uns nach unserer Meinung. Mein Kunstprojekt war nun sogar Thema in unserer Lerngruppe? Im Endeffekt bedeutete das, dass ich ein Geheimnis mit mir herumschleppte, das sehr viel größer war, als ich gedacht hatte. In meinem Kopf ging es zu wie in einem dieser Vulkane aus Essig und Backpulver – er war kurz davor, zu explodieren.

»Auch ich habe mir ein paar Gedanken dazu gemacht«, sagte Mr Fanucci, »und ich weiß, dass ihr alles andere als scharf darauf seid, euch hier im Aquarium mit mir zu treffen.«
Aquarium – so wird der Arbeitsraum der Bibliothek häufig genannt, weil die halbe Welt durch die Glasscheibe sehen kann, wer drinnen sitzt.
»Deshalb habe ich einen anderen Raum für unsere Lerngruppe gefunden.«
Flip, Maya, Dee-Dee und Jonny klatschten begeistert. Ich glaube, auch ich habe ein paarmal geklatscht, aber noch interessanter fand ich den Blick durch die Scheibe auf die Bibliothekscomputer. Dort draußen sahen sich die Leute immer noch meine Bilder an – auch Miller und Tug waren darunter, sie saßen auf ihren üblichen Plätzen.
»Außerdem möchte ich, dass ihr es mir erzählt, wenn euch irgendjemand das Leben schwer macht«, fuhr Mr Fanucci fort. »Und ihr solltet auch aufeinander aufpassen. *Das* wäre fair.«
»Nur keine Sorge, Mr Matschb… äh, Mr Bändiger«, sagte Flip. »Das werden wir.«
Erinnert ihr euch noch an die Situation, in der Miller und Tug Jonny geärgert haben und ich nicht eingeschritten bin? Ja? Ich mich leider auch. Deswegen sah ich in diesem Moment lieber weiter durch die Glasscheibe nach draußen.
Tug hatte gerade die MyComics-Website geöffnet. Miller starrte bereits auf eines der SEI-FAIR-Bilder, als wollte er

herausfinden, ob *er* sich hinter dem rot gefärbten Umriss verbarg.

Das tat er.

»Was ist mit dir, Rafe?«, fragte Mr Fanucci. »Möchtest du noch etwas zu dieser SEI-FAIR-Geschichte beitragen? Oder zum Thema Mobbing hier an der Schule?«

Ich blickte Mr Fanucci in die Augen. »Eigentlich nicht.«

»Ach, komm schon, Rafe«, sagte er. »Willst du dich gar nicht beteiligen? Du weißt doch, dass es hierbei auch um dich geht.«

»Oh, das weiß ich, glauben Sie mir!«, erwiderte ich. Mr Fanucci hatte keine Ahnung, wie lustig das alles war, und ich würde es ihm auch nicht verraten.

»Ich möchte, dass du wachsam bist und mitbekommst, was um dich herum passiert«, erklärte Mr Fanucci.

»Das tue ich«, sagte ich. Und ich war tatsächlich wachsam. Nur nicht so, wie er sich das vorstellte. »Ich ... äh ... ich finde es super, dass wir in einen anderen Raum umziehen.«

»Es freut mich, dass du dich darüber freust.« Als Mr Fanucci sich endlich von mir abwandte, sah ich wieder durch die Scheibe in die Bibliothek.

Und von diesem Moment an galt Alarmstufe Rot.

Unglücklicherweise hatte Tug eine weitere Seite auf My-Comics.de gefunden. Eine mir sehr vertraute Seite. Eine, die ich selbst gestaltet hatte.

Ja, genau. Tug war auf meine Loser-Comics gestoßen. Diejenigen, die ein gewisser R. K. (wie Rafe Khatchadorian) Wieauchimmererheißt gezeichnet hatte. Diejenigen mit der Hauptfigur, die mir so auffällig ähnlich sah.

Diejenigen, die auf derselben Website hochgeladen worden waren wie die SEI-FAIR-Bilder, auf denen Miller persönlich auftauchte. Er war zwar nichts weiter als ein roter Fleck, aber man erkannte ihn trotzdem.

Und nun stellt euch das, was folgt, in Zeitlupe vor – denn genau so hat es sich in diesem Augenblick für mich angefühlt.
Tug starrte auf die Comics.
Tug tippte Miller auf die Schulter und flüsterte ihm etwas zu.
Miller starrte auf Tugs Bildschirm.
Miller starrte auf seinen eigenen Bildschirm.
Miller starrte wieder auf Tugs.
Tug flüsterte noch einmal.
Und dann drehte sich Miller … gaaanz laaangsaaam … um und sah mich im Aquarium sitzen. Seine Mundwinkel fielen nach unten, er bekam mörderisch rote Augen, und sein Gesichtsausdruck ähnelte einem riesigen blinkenden Leuchtschild.
Auf dem Schild stand: *Willkommen zurück im Miller-der-Killer-Land.*

KAPITEL 61

MEINS, MEINS, MEINS!

Als es zum Ende der Stunde läutete, sah ich mich nach einem sicheren Ausgang um.

Ich blickte nach oben. Konnte ich mich durch die Dämmplatten an der Decke quetschen? Fehlanzeige. Mir einen Fluchttunnel zu graben war definitiv auch nicht möglich. Tatsächlich gab es nur einen Weg, das Aquarium zu verlassen, und der führte durch die Bibliothek.

Und so beeilte ich mich und hielt den Kopf beim Laufen gesenkt – als ob das jemals funktioniert hätte …

Im nächsten Moment versperrte mir Miller auch schon mitsamt seinem Stuhl den Weg.

»Was geht ab, Khatchadoofian?«, sagte er.

»Nichts weiter«, erwiderte ich. In diesem Augenblick beschäftigte mich nur noch ein Gedanke: Wenn Miller mich gleich hier an Ort und Stelle umbrächte, würde das Mrs Seagrave überhaupt nicht interessieren, solange er nur leise genug vorging.

Miller tippte mit seinem Bleistift auf Tugs Computer, auf dessen Bildschirm mein Loser-Comic prangte.

»Ich hab ja immer gewusst, dass du ein Loser bist«, sagte er. »Ich wusste nur nicht, dass du es jetzt auch offiziell gemacht hast.«

Ich hatte keine Zeit mehr, irgendeinen Plan auszutüfteln, deshalb probierte ich es mit meiner bewährten Taktik: verleugnen, verleugnen, verleugnen.

»Ich weiß nicht, was du meinst«, sagte ich.

»Ich *meine* …« – Miller deutete jetzt auf seinen eigenen Bildschirm, der das SEI-FAIR-Bild zeigte – »für mich sieht es so aus, als ob du fleißig gewesen bist. Aber ich kann mich nicht daran erinnern, jemandem erlaubt zu haben, mich auszuspionieren und zu fotografieren.«

Ich kam mir vor wie ein Baum, dessen Stamm man bereits angesägt hatte, der aber noch nicht gekippt war. Doch den Rest würde Miller sicher bald mit seinen gigantischen Fäusten erledigen.

In diesem Moment hörte ich hinter mir ein Geräusch. Es war Flip.

»Eigentlich stammen diese Bilder von *mir*, Miller«, sagte er. »Ich hab die Fotos geschossen.«

»Hä?«, sagte ich verwirrt. Als ich mich umdrehte, hielt Flip sein Handy in die Höhe.

»Siehst du?«, fragte Flip.

»Warte mal«, meinte Miller. Aber dann …

»Nein, es sind meine Bilder«, sagte Maya. Sie stand hinter Flip, zusammen mit Dee-Dee und Jonny.

»Ja, klar!«, warf Tug genervt ein.

»Nein, das stimmt nicht, denn sie gehören mir«, sagte Dee-Dee. »Ich hab sie auf meinem iPad erstellt.«

»Es ist ganz offensichtlich, dass *ich* all diese Bilder und Comics gemacht habe«, sagte Jonny. »Das sieht doch ein Blinder mit Krückstock.«

Miller sah Tug an, Tug sah Miller an. Dann musterten die beiden uns alle der Reihe nach. In diesem Moment hätte man in der Bibliothek eine Stecknadel fallen hören können.

Während Miller noch dabei war, seine Kinnlade hochzuziehen, verdrückten wir uns nach draußen. Ich wusste, dass ich noch nicht aus dem Schneider war, aber die anderen hatten mir eine kleine Verschnaufpause verschafft.

»Wow«, sagte ich, als wir endlich auf dem Flur standen. »Vielen Dank euch allen.« Ich konnte nicht fassen, was gerade geschehen war.

Aber es war wirklich passiert.

»Das war super!«, meinte Flip.

»Miller ist immer noch wütend«, sagte ich. »*Stink*wütend.«

»Lass ihn doch«, riet Flip mir, aber er macht sich nie um irgendetwas Sorgen. »Kommt, Leute, wir gehen Mittagessen. Und Rafe gibt 'ne Runde Schoko-Milchshakes aus!«

Als alle in Richtung Cafeteria davongingen, blieb ich zurück. Mir war klar geworden, dass ich noch etwas erledigen musste.

»Geht ihr mal vor«, sagte ich, zog etwas Kleingeld aus der Hosentasche und gab es Flip. »Und fangt schon ohne mich an.«
»Sollen wir dir einen Platz freihalten?«, fragte Maya.
»Äh … ich weiß nicht so recht«, erwiderte ich.
Wann ich von dort, wohin ich nun ging, wieder zurück sein würde, war schwer zu sagen.

KAPITEL 62

TOTALSCHADEN

Ich lief geradewegs zum Büro der Direktorin. Ich glaube, es war das erste Mal in meinem Leben, dass ich in Schwierigkeiten steckte und mir den Ärger *freiwillig* abholte. Doch ich wusste, dass dies die einzige Chance wäre, etwas zu verändern. Zum Guten zu verändern.

Ich habe Mrs Stricker alles gestanden. Ich sagte ihr, dass ich KIM sei. Ich sagte ihr, dass es meine Schuld gewesen sei, dass der Übertragungswagen von Supersender-TV in der Schule aufgetaucht war (auch wenn ich ihn nicht herbestellt hatte). Ich sagte ihr sogar, dass es mir leidtue. Und das tat es auch. Irgendwie.

Mrs Stricker ist nicht gerade tot umgefallen vor Schreck. Aber sie kündigte eine Besprechung mit Mom an. Und wenn ihr bereits das ein oder andere Buch von mir gelesen habt, dann wisst ihr auch, dass solche Besprechungen nie gut für mich ausgegangen sind.

Mom tauchte noch vor Unterrichtsende in der Schule auf. Sie wirkte wie in einem dieser Filme, in denen der Hauptdarsteller morgens aufwacht und immer wieder ein und denselben Tag erlebt.

Mir ging es auch nicht anders.

Zuerst sprachen Mrs Stricker und Mom eine Weile allein miteinander. Dann musste auch ich ins Büro kommen und erfuhr, welche Strafe mich erwartete: *acht Mal Nachsitzen.* Eine Stunde für jedes Foto, das ich veröffentlicht hatte, ohne mir die Erlaubnis der Fotografierten einzuholen. (Was für ein Glück, dass die beiden nichts von den 95 Bildern ahnten, die ich *nicht* veröffentlicht hatte!) Mrs Stricker verlangte von mir, alle Fotos von der Website zu nehmen. Außerdem musste ich einen Aufsatz zum Thema *Privatsphäre und Persönlichkeitsrechte* schreiben.

Trotzdem war das alles nicht weiter schlimm. Das Schlimmste sollte mir noch bevorstehen.

Mom sagte, ich solle meine Sachen zusammenpacken, weil sie mich nach Hause fahren und dort noch einmal in Ruhe mit mir reden wollte. Deshalb lief ich durch den Flur zu meinem Spind. Auf dem Weg dorthin kam ich an der Bibliothek vorbei. Einige Schüler hatten sich nach dem Unterricht noch einmal an die Computer gesetzt. Diesmal jedoch betrachteten sie nicht mein (oder KIMs) Kunstprojekt, sondern die Loser-Comics. Wahrscheinlich hatte es sich wie ein Lauffeuer in der ganzen Schule rumgesprochen, dass das Geheimnis gelüftet und ich derjenige war, der hinter KIM steckte. Und dass ich außerdem ein riesengroßer Ihr-wisst-schon-was war.

Vor meinem Spind angekommen, sah ich, dass dort irgendjemand – vielleicht Miller, vielleicht auch nicht – ein eigenes kleines Kunstwerk hinterlassen hatte.

Das war das Schlimmste. Oder besser gesagt, der Anfang davon.

KAPITEL 63

UNTER VIER AUGEN

Als wir zu Hause waren, setzte sich Mom mit mir in die Küche und atmete tief durch.

»Erklär es mir«, sagte sie. Sonst nichts.

Ich wusste nicht, was sie von mir hören wollte oder auf welche Art von Erklärung sie wartete. Deshalb begann ich mit dem Teil der Geschichte, der mich am meisten beschäftigte – ich zeigte ihr meine Loser-Comics.

Ob ihr's glaubt oder nicht, Mom haben die Comics gefallen. Ab und zu hat sie sogar gelacht. Als sie alle durchgesehen hatte, sagte sie mir, sie seien gut, aber dass sie auch ein paar Fragen dazu hätte.

»Ich dachte, Leo wäre dein Geheimnis«, meinte sie. »Mir war nicht klar, dass andere Leute von ihm erfahren sollen.«

»Er ist ja auch mein Geheimnis! Niemand hat von ihm erfahren!«, rief ich. »Ich meine, ich wollte nicht, dass jemand von ihm erfährt. Ich hatte doch nie damit gerechnet, dass irgendjemand an der Hills Village Middle School diese Comics zu Gesicht bekommt. Um ehrlich zu sein, hätte ich nicht gedacht, dass überhaupt irgendjemand Interesse an den Comics zeigen könnte.«

»Nun, das wird dir eine Lehre sein«, sagte Mom. »Tut mir leid, Rafe, aber ich kann es nicht anders sagen. In dem Moment, in dem du deine Comics online stellst, gibst du jegliche Kontrolle darüber ab, was mit ihnen geschieht. Das muss nicht unbedingt schlecht sein, immerhin lässt du andere Menschen so an deiner Kunst teilhaben. Aber du musst dir unbedingt klarmachen, was es bedeutet, sie auf diese Weise für alle zugänglich zu machen.«

Das *war* mir bereits klar.

Zumindest seit heute.

»Ich habe noch eine Frage«, fuhr Mom fort. »Weshalb hast du Leo überhaupt mit ins Boot geholt?«

»Na ja ... Das klingt jetzt vielleicht verrückt, aber es kam mir vor, als *wollte* er in den Comics auftauchen. Er hat mich sozusagen darum gebeten.«

»Ich verstehe, was du meinst«, sagte Mom.

Mom ist es gewöhnt, dass ich hin und wieder mit Leo rede. Aber in diesem Augenblick schien sie auch ein bisschen traurig zu sein. Nicht meinetwegen. Wegen Leo. Er ist ja nicht nur mein Bruder gewesen, sondern auch ihr Sohn. Und dann ist er gestorben. Wir alle lieben Leo immer noch. Aber es fällt uns schwer, über ihn zu sprechen, weil es einfach so traurig ist.

»Was soll ich denn jetzt bloß tun?«, wollte ich von Mom

wissen. »Ich meine, was soll ich den anderen sagen, wenn sie etwas über Leo wissen wollen?«

»Dann erzählst du ihnen genau so viel oder so wenig über ihn, wie du es für richtig hältst«, erwiderte Mom. »Es ist deine Entscheidung, Rafe. Du kannst ihnen genauso gut sagen: ›Ich will nicht darüber reden. Punkt.‹«

»Ja.« Ich wusste, dass sie recht hatte, aber es schien immer noch eine verzwickte Angelegenheit zu sein. Leo war lange Zeit mein Geheimnis gewesen. Und auch wenn ich mich bewusst entschieden hatte, ihn in die Comics zu zeichnen, wusste ich nicht, wie ich jetzt damit umgehen sollte.

»Eine Frage noch«, sagte Mom. »Ich möchte etwas über deine Hauptfigur, Loser, wissen.« Oh Mann. Jetzt wurde es ernst. »Fühlst du dich wie ein Loser, wie ein Verlierer?«, fragte sie. »Hast du deshalb die Comics gezeichnet?«

Ich hatte gewusst, dass sie mich das fragen würde. Trotzdem war meine Kehle plötzlich wie zugeschnürt. Es fühlte sich an, als hätte jemand einen Golfball mit doppelseitigem Klebeband da unten befestigt.

»Ich will nicht darüber reden«, brachte ich schließlich heraus.

»Punkt?«, sagte Mom und lächelte ihr nettes Mom-Lächeln.

Ich nickte nur noch, weil ich Angst hatte, dass sich der Golfball sonst in eine Heulboje verwandeln würde.

»Na schön«, meinte Mom. Und dann, anstatt weiterzureden oder mir eine Predigt zu halten, nahm sie mich einfach in die Arme und drückte mich ganz fest an sich.

Ganz ehrlich? Ich habe trotzdem geheult. Es war keine große Sache, denn ich hatte schon öfter vor Mom geweint. Meine Güte, falls ihr meine anderen Bücher kennt, habe ich sogar schon vor euch geflennt. Ich schätze, es musste in diesem Moment »einfach raus«, wie Mom immer sagt.

Also heulte ich.

Zum Glück übernachtete Georgia an diesem Abend bei einer Freundin, sodass ich keine weiteren Fragen von Fräulein Neugier fürchten musste. Stattdessen war Junior da. Er legte sein Hundekinn auf mein Bein, und ich streichelte seinen Kopf. Das hat nicht nur ihm gutgetan, sondern auch mir. Ernsthaft! Er ist ein toller Hund. Und auch wenn ich mich in diesem Moment richtig mies fühlte, wusste ich, dass es mir bald wieder besser gehen würde. Vielleicht nicht in fünf Minuten. Oder in fünf Tagen. Aber bald.

Besonders gefreut hat mich, dass Mom mir wegen Operation K.I.M. überhaupt nicht böse war. Sie sagte, dass ich mit dem Aufhängen meiner Bilder niemandem geschadet hätte. Ich glaube, sie war sogar ein wenig stolz auf meine Idee, berühmte Kunstwerke nachzumalen und sie unter die Leute zu bringen. Ich bekam jedenfalls keinen Hausarrest. Sie hat nicht einmal von mir verlangt, das Footballtraining aufzugeben.

Was mich zur nächsten Etappe dieser verrückten Geschichte bringt.

Meiner Lieblingsetappe.

KAPITEL 64

ENDSPURT

Achtung, Zeitreise: Wir springen noch einmal nach vorne! Für die Falken lief das dritte Spiel der Saison. Dieses Mal versuchten wir uns gegen die »Widder« von der Sloatsburg Middle School zu behaupten. Es ging bereits auf das Ende des letzten Viertels zu, und es stand 7 zu 7.

»Also gut, es ist so weit«, sagte der Trainer. »Zielgerade elf, Jungs. Zielgerade elf.«

In unserer Mannschaft gab es kaum Codenamen für die verschiedenen Spielzüge, aber Zielgerade elf war uns mittlerweile allen ein Begriff. Wir hatten den Spielzug die ganze Woche lang trainiert. Mit Zielgerade elf war mein legendärer »Nimm den Ball an dich und renn«-Triumph vom letzten Mal gemeint.

Da unser erster Touchdown in diesem Spiel auf Quinns Kappe gegangen war, kannten die Sloatsburg-Widder unsere Zielgerade elf noch nicht. Das machte den Spielzug, oder genauer gesagt *mich*, zu unserer Geheimwaffe.

Als ich aufs Spielfeld lief, um meine Startposition einzunehmen, kam mir meine nächste richtig, richtig gute Idee. Ich hatte zuvor nicht einmal über das Thema nachgedacht, der Einfall kam mir wie ein Blitz aus heiterem Himmel.

Auch Miller traf es völlig unerwartet.

»Hey, Miller«, sagte ich. »Du weißt doch noch, dass ich neulich unsere Abmachung erweitern wollte, oder?«

»Hä?«

Ich ging langsamer und sprach ganz leise. »Du weißt schon. Die Sache mit Maya, Jonny und Dee-Dee?«

»Nicht jetzt«, grunzte Miller.

»Oh doch, genau jetzt.«

Dann blieb ich stehen, kniete mich hin und begann, mir die Schnürsenkel zu binden – die natürlich überhaupt nicht gebunden werden mussten.

»Was tust du denn da?«, sagte Miller. »Steh auf!«

Ich hielt den Kopf gesenkt, sodass nur er mich hören konnte. »Ich hole die Punkte, und du lässt meine Freunde in Ruhe.«

»Los, Khatchadorian«, schrie der Trainer, »mach hin.«

»Ja, Khatchadorian«, sagte Miller und kniff die Augen wie zwei kleine Fäuste zusammen, »mach hin.«

»Gilt die Abmachung nun?«, fragte ich ihn. »Oder soll ich den Ball auf dem Weg in die Endzone verlieren?«

Mein Herz klopfte mir mittlerweile fast schmerzhaft gegen den Brustkorb, aber ich blieb standhaft.

»Ich sag dir, was gilt«, meinte Miller. »Renn um dein Leben oder stirb.«

»Na, schööön«, erwiderte ich in einem Tonfall, der die Botschaft transportieren sollte: *Das wird dir noch leidtun.*
Miller sagte nichts mehr, aber ich spürte, dass er nervös wurde. Er wollte dieses Spiel gewinnen. Miller wollte *jedes* Spiel gewinnen, und dadurch hatte ich ihn in der Hand.
»Und du bist dir ganz sicher?«, fragte ich, während wir unsere Startpositionen einnahmen.
»Ruhe da vorne«, sagte Jeremy. Der Schiedsrichter gab Quinn den Ball, und alle machten sich bereit.
»Achtung«, rief Tug.
»Ganz sicher?«, fragte ich noch einmal.
»Halt die Klappe!«, rief Tug.
»Was?«, sagte Quinn.
»Nicht du«, erwiderte Tug.
»Letzte Gelegenheit«, sagte ich zu Miller.
»Achtung«, rief Tug wieder und selbst in diesem Augenblick, unmittelbar vor der Ballübergabe, starrte ich Miller nur an, als dächte ich: *Was muss ich noch mal machen, um Punkte zu holen?* Miller starrte zurück. Bis zur allerletzten Sekunde.
»Ja, okay!«, rief er. »Abgemacht!«
Quinn übergab den Ball an Tug. Miller begann sofort damit, die Laufwege der Gegenspieler zu blockieren. Ich ließ ihn hinter mir, drehte mich um, nahm den Ball von Tug und rannte los, als wäre ich nur aus diesem Grund auf der Welt.
Die anderen hielten mir den Weg frei, sodass eine Art Gasse

FALKEN
FALKEN
FALKEN
SO ENTSPANNST DU RICHTIG

entstand, und zehn Sekunden später war ich schon am Ende der Zielgeraden elf angekommen – direkt in der Endzone.

Touchdown!

Endstand: 13 zu 7.

Mit bisher zwei gewonnenen und einem verlorenen Spiel stand die Hills Village Middle School in dieser Footballsaison gar nicht schlecht da.

Und mir war es endlich gelungen, meine Abmachung mit Miller zu meinen Gunsten auszubauen.

KAPITEL 65

SO WEIT, SO GUT

Ich weiß, was ihr jetzt denkt. Miller ist nicht gerade ein Mensch, auf den man sich verlassen kann. Was wäre leichter für ihn, als »abgemacht« zu rufen, sich umzudrehen und sein Wort sofort wieder zu brechen? Es wäre nicht Millers erste Lüge gewesen. Vermutlich nicht einmal seine tausendste.

Dazu muss ich euch etwas erzählen, das ihr vielleicht noch nicht wusstet: Ich hatte nie die Absicht, das Spiel zu vermasseln. Niemals. Sechs Punkte für einen Touchdown zu kassieren macht mir genauso viel Spaß wie Burger zu essen. Beides will ich möglichst oft. Ich bin vermutlich nicht der geschickteste Footballspieler der Welt, aber ich kann immerhin wahnsinnig schnell rennen und mich auf Zielgerade elf verlassen.

Bei dieser neuen Abmachung ging es mir lediglich darum, Miller noch ein letztes Mal unter Druck zu setzen. Das war alles. Und nun haben wir den seltsamsten Waffenstillstand in der Geschichte des Waffenstillstands. Solange er denkt, dass

ich in der Lage wäre, absichtlich einen Touchdown zu vermasseln oder sogar ein ganzes Spiel, wird er sich auch an unsere Abmachung halten.
Was bedeutet, dass Jonnys, Mayas, Dee-Dees und auch mein Leben für den Rest der Footballsaison ein klein wenig angenehmer werden wird.
Sieht ganz danach aus, als sei aus mir doch noch ein leidenschaftlicher Footballspieler geworden, stimmt's? Der Eindruck täuscht. Aber ich liebe es, Punkte zu holen!
Ich weiß nicht, was passieren wird, wenn die Footballsaison vorbei ist. Vielleicht beginnt danach für mich dank Miller wieder die Jagdsaison. Aber damit werde ich mich später befassen. Mittlerweile gehe ich immer nur noch eins nach dem anderen an.
Und was noch wichtiger ist: Ich treffe meine *eigenen* Entscheidungen.
Darin bin ich nämlich ziemlich gut geworden, wenn ihr mich fragt.

KAPITEL 66

ICH BIN WIEDER ICH SELBST

Fazit? Insgesamt mag bei alldem nicht viel herumgekommen sein, aber nicht viel ist immer noch besser als gar nichts.

Ms Donatello sagt, wenn sich eine Kleinigkeit ändert, ändert sich die Welt. Ich weiß nicht, ob das stimmt, aber falls doch: Mission erfüllt.

Auch mein SEI-FAIR-Projekt hat dazu geführt, dass sich etwas änderte, und zwar im ganz großen Stil. Ich weiß, dass sich die Mobber dieser Welt nicht von der Reportage eines Regionalsenders und ein paar Gesprächen an der Hills Village Middle School beeindrucken lassen, aber für uns an der Schule änderte sich dadurch tatsächlich etwas.

Kurz nachdem ich Mrs Stricker alles gestanden hatte, gab sie allen Schülern einen Brief an die Eltern mit nach Hause. In diesem Brief stand, dass Mobbing an der Hills Village Middle School nicht geduldet würde. (Es sei denn, sie selbst mobbt ihre Schüler – nein, kleiner Scherz, das stand so natürlich nicht in dem Brief.) Mrs Stricker wollte sogar eine Arbeitsgruppe ins Leben rufen, in der sich Schüler gemeinsam mit Lehrern und Eltern damit befassen, wie man mit Mobbing umgehen und wie man es im besten Fall verhindern kann. Und auch wenn sie es nicht extra erwähnte, so wusste doch jeder, dass der Brief aufgrund meiner SEI-FAIR-Aktion verfasst worden war.

Solange es Miller den Killer davon abhielt, andere Kinder zu drangsalieren, sollte mir das recht sein.

Da wir gerade von der SEI-FAIR-Aktion sprechen: Ms Donatello gab mir für dieses Kunstprojekt eine Eins. Sie sagte, ich hätte es »sehr kreativ umgesetzt« und eine wirklich wichtige Botschaft damit transportiert.

»Die Eins bekommst du für das Projekt, nicht für deine Methoden«, meinte sie. »Bitte verzichte in Zukunft darauf, andere auszuspionieren oder ohne ihre Erlaubnis zu fotografieren.«

»Hab's verstanden«, erwiderte ich. »Ehrlich.«

Ich denke, sie hat mir geglaubt, denn kurz darauf hat sie mir eines *ihrer* Geheimnisse verraten. Soweit ich weiß, bin ich der Einzige, dem sie davon erzählt hat. Wenn ihr also zufällig einmal auf Mrs Stricker trefft, dürft ihr kein Sterbenswörtchen verraten, in Ordnung?

RÜCKBLENDE! Eine Woche zuvor …
Hallo, ist da Supersender-TV?
SEIFAIR
SEIFAIR
My-Comics.de
SUPERSENDER-NACHRICHTEN
Ich bleib dran!

Es gibt noch mehr Neuigkeiten. Mit der Zeit wurde es den anderen Schülern langweilig, mich Loser zu nennen und über Leo den Stillen auszuquetschen. Stattdessen befassten sie sich mehr und mehr mit den Comics selbst und schienen Gefallen daran zu finden. Auf MyComics.de habe ich mittlerweile 112 Follower, ungefähr 110 mehr, als ich erwartet hatte (dass Mom und Flip mich unterstützen würden, war mir klar).

Gar nicht übel, dass an der Hills Village Middle School nun nicht mehr über mich, sondern über Loser und Leo gelacht wurde. Denn darum ging es ja schließlich. Einigen Leuten habe ich sogar erzählt, dass Leo mein Bruder war. Verschwiegen habe ich allerdings, dass ich hin und wieder noch mit ihm spreche. Das geht nur mich etwas an. Und Leo natürlich.

Und so zeichne ich weiterhin meine Comics, wenn auch mittlerweile unter meinem richtigen Namen. R. K. Wieauchimmererheißt gibt es nicht mehr und auch KIM habe ich in Rente geschickt. Ein Geheimagent, dessen Identität aufgeflogen ist, kann keine Aufträge mehr erwarten.

Das alles ist nicht weiter tragisch. Um ehrlich zu sein, will ich auch gar kein anonymer *Künstler Im Malfieber* mehr sein. Ein Künstler namens Rafe zu sein reicht mir vollkommen.

KAPITEL 67

VON HUNDEN UND MENSCHEN

Am Sonntagmorgen ging ich in aller Frühe mit Junior Gassi. Wie immer liefen wir hinüber zum Hundepark, der um diese Zeit noch wie ausgestorben war.
Doch ihr werdet nicht glauben, wer ebenfalls schon dort war, einen Gummiknochen warf und mit einem kleinen Hund spielte.
Ja, genau. Marley Grote.
Mittlerweile war ich zu der festen Überzeugung gelangt, dass Marley keinerlei Interesse an mir hatte. Sie wartete nicht mehr auf mich, um mit mir zu reden, und sie war auch zu keinem der Footballspiele mehr gekommen. Deshalb wäre ich in diesem Augenblick am liebsten umgekehrt und mit Junior wieder nach Hause gelaufen.
Aber Junior hatte andere Pläne. Sobald er Marleys Hündin Justine Bieber entdeckt hatte, begann er wie wahnsinnig zu bellen und hätte mir bei dem Versuch, sich loszureißen, fast den Arm ausgekugelt.

Was blieb mir anderes übrig, als das Türchen zum Hundepark zu öffnen und ihn laufen zu lassen?
»Hey, Marley«, rief ich.
»Hey, Rafe«, sagte sie und klang dabei merkwürdig freundlich und unfreundlich zugleich. »Wie geht's denn so?«
»Ganz gut«, erwiderte ich. »Bin etwas durcheinander, wenn ich ehrlich sein soll. Aber ich verstehe, wenn du dich nicht mit mir unterhalten willst.«
»Wie meinst du das?«, fragte Marley.
»Na, du hast mich doch nach dieser ganzen Loser-Geschichte komplett ignoriert«, erklärte ich. »Ist in Ordnung. Hab schon verstanden.«
Irgendwie hatte ich keine Lust mehr, ihr etwas vorzuspielen. Ihr Verhalten machte mich, je länger ich darüber nachdachte, sogar ein wenig wütend.
Doch dann sagte Marley: »Ich hab dich nicht ignoriert. Du hast *mich* ignoriert.«
»Hä?«, machte ich, woraufhin sie die Augen verdrehte.
»Ich habe dir doch ziemlich deutlich gezeigt, dass ich dich mag, Rafe. Um die Wahrheit zu sagen, es war mir langsam schon peinlich. Aber weißt du, so verzweifelt bin ich nun auch wieder nicht, tut mir leid.«
So hatte ich Marley noch nie erlebt, das war eine ganz neue Seite an ihr. In meinem Kopf prangte ein einziges großes *WOW.*
»Also, ich verstehe es immer noch nicht«, sagte ich. »Hältst du mich nun für einen totalen Blödmann oder nicht?«

»Nicht«, erwiderte sie. »Was du da in der Schule gemacht hast, finde ich super.«

»Aber du kommst doch gar nicht mehr zu den Footballspielen«, warf ich ein.

»Ich rede ja auch nicht vom Football«, erklärte sie. »Ich rede von dieser ganzen SEI-FAIR-Aktion und der Art und Weise, wie du dich an der Hills Village für Leute wie uns einsetzt.«

»Wie … uns?«, hakte ich nach.

»Sehen wir den Tatsachen doch ins Auge, Rafe. Wir beide gehören nicht gerade zu den begehrtesten Schnittchen beim Picknick«, sagte Marley.

Je länger diese Unterhaltung dauerte, umso verwirrter wurde ich. Marley brauchte doch keinen Förderunterricht. Auf mich machte sie einen ganz normalen Eindruck. Aber vielleicht *fühlte* sie sich nicht normal, vielleicht fühlte sie sich nicht wie die anderen.

Das machte sie mir noch sympathischer.

»So, so, dir ist also aufgefallen, dass ich nicht mehr zu den Footballspielen gekommen bin«, sagte sie plötzlich.

»Ja«, erwiderte ich. Das war zwar peinlich, aber meine Aussage von vorhin konnte ich ohnehin nicht mehr zurücknehmen.

»*Willst* du denn, dass ich wieder zu den Spielen komme?«, fragte sie dann.

»Ja«, gab ich zu. »Glaub schon. Ich meine: Ja, das will ich.«

»In Ordnung. Dann bin ich beim nächsten Spiel wieder dabei.«

In diesem Augenblick beugte Marley sich vor und gab mir einen Kuss, einfach so, mitten im Park. Auf den Mund. Der Kuss dauerte mindestens fünf Sekunden – keine Ahnung, wie lange genau. Aber auch ich habe sie geküsst, wenn ihr es unbedingt wissen wollt. Diesmal bin ich nicht einfach davongelaufen.

»Äh, danke«, meinte ich, als es vorbei war. Ich wusste nicht, was ich sonst sagen – oder denken – sollte. In meinem Kopf ging es zu wie in einem Glücksspielautomaten, alles blinkte und drehte sich viel zu schnell, um irgendetwas erkennen zu können.

»Gern geschehen«, sagte Marley. Jetzt war *sie* es, die peinlich berührt aussah. Was mir wiederum peinlich war. Ich hatte einen heißen Kopf und sie knallrote Wangen, und in diesem Moment kam mir alles vollkommen verrückt vor.

Doch dann sahen wir hinüber zu unseren Hunden. Die beiden tobten am Ende des Parks miteinander herum und beschnüffelten gegenseitig ihr Hinterteil – und bei diesem Anblick prusteten Marley und ich gleichzeitig los. Und jetzt stimmte plötzlich alles.

Das war's. Ich kenne keine Geschichten über einen ersten Kuss, die ich mit meiner vergleichen könnte, und vielleicht war meine ja auch total lahm. Aber wisst ihr was? Andere erste Küsse spielen hier auch gar keine Rolle, weil dies die Geschichte von *meinem* ersten Kuss ist.

Und mir gefällt sie.

KAPITEL 68

LASAGNE, APFELKUCHEN UND EISCREME

Da wir gerade bei Peinlichkeiten sind: Ich muss euch noch etwas anderes erzählen, das mindestens genauso verrückt ist.

Vielleicht ist euch aufgefallen, dass Mom und Mr Fanucci in vielen Kapiteln dieses Buches zusammen auftauchen. Glaubt mir: Mir jedenfalls ist es *nicht* entgangen.

Und so dauerte es nach der Geschichte mit dem Kuss auch nicht mehr allzu lange, bis Mr Fanucci zum ersten Mal bei uns vorbeikam, um mit uns zu Abend zu essen. Er bot mir sogar an, ich könne ihn Ed nennen, solange wir nicht in der Schule seien. *Ziemlich* abgefahren, findet ihr nicht auch?

Möglicherweise mag Mom ihn deswegen so gerne, weil er dafür gesorgt hat, dass meine Noten besser geworden sind. Die Lerngruppe scheint tatsächlich etwas zu bringen, und das alles habe ich dem Matschbirnen-Bändiger … äh, Mr Fanucci … ich meine Ed zu verdanken. (Seht ihr? Echt abgefahren.)

Ich weiß nicht, wohin das alles führen wird, aber Ungewissheit ist ja nichts Neues in meinem Leben. Ich kann nie sagen, wie es weitergehen wird. Ich habe auch keine Ahnung, was aus Marley und mir werden wird. Oder was uns droht, weil Flip Georgia »süß« findet. Wenn ihr mich fragt, gibt es nur eins, das absolut verlässlich ist: die Liebe zwischen Junior und Justine Bieber.

Ach ja, und Oma Dottys Schrulligkeit. Auf die kann man sich auch immer verlassen.

Außerdem macht sie die leckerste Lasagne der Welt. Und die passt am besten zu einem Apfelkuchen aus Swifty's Burgergrill und einem Riesenbecher Vanilleeis. In diesem ganzen Buch werdet ihr kaum etwas finden, das besser ist.

Hoffen wir, dass die Footballsaison so erfolgreich weitergeht.

Bis zum nächsten Mal!

JAMES PATTERSON, 1947 geboren, wuchs im US-Staat New York auf. Er gilt als der erfolgreichste Autor der Welt. Mit seinen Krimis und Thrillern erzielt er Millionenauflagen. Seit 2009 schreibt er auch für junge Leser. 2010 wurde er in den USA zum »Children's Choice Author of the Year« gewählt. Seine Middle-School-(*School Survival-*)Reihe, die inzwischen acht Bände umfasst, ist ein US-Bestseller mit einer Gesamtauflage von 3 Mio. Exemplaren. Im Hanser Kinderbuch erschienen bereits die ersten fünf Bände der Reihe *School Survival – Die schlimmsten Jahre meines Lebens*, *School Survival – Lasst mich hier raus!*, *School Survival – Da mach ich nicht mit!*, *School Survival – Ferien sind nichts für Feiglinge* und *School Survival – Allein gegen die Wildnis*. James Patterson lebt in Florida.

CHRIS TEBBETTS ist selbst ein erfolgreicher Schriftsteller im Fantasy- und Abenteuer-Genre. Er ist immer wieder Ideenlieferant für J. Patterson und schreibt als Co-Autor mit, so auch bei den Bänden 1, 2, 4 und 5 der *School Survival*-Reihe.

LAURA PARK arbeitet als Illustratorin und Cartoonistin. Sie lebt in Chicago. Sie illustrierte bereits die Bände 1, 2, 4 und 5 der *School Survival*-Reihe.

MANUELA KNETSCH studierte Englisch und Deutsche Literatur und arbeitete einige Jahre im Verlagswesen, bevor sie sich 2006 als Übersetzerin selbstständig machte.

LESEPROBE

James Patterson / Chris Tebbets

School Survival – Den letzten beißen die Hunde

Mit Illustrationen von Jomike Tejido

Aus dem Englischen von Manuela Knetsch

ca. 320 Seiten. Gebunden

Erscheint im Herbst 2017

LOSER
UND
LEO
IN:
Frohe Weihnachten
LOSER
Heute mit dabei: Fleischklops!
Frohe Weihnachten, Fleischklops!
Wuff!
Frohe Weihnachten, Loser!
Ein neuer Stift! Genau das, was ich wollte!

Ich hab aber gar nichts für euch, Jungs. Bin total pleite.
Darf ich mir mal den Stift ausleihen?

Hey, ich weiß, was ich mache!
Schließ deine Augen. Nicht gucken!
Kritzel
Kritzel
Kritzel
Okay, jetzt kannst du gucken!
Kritzel
Kritzel
Kritzel
WOW!
Wuff!

Aufgepasst!
AN
AN
Ein Hoverboard! Genau das, was ich wollte!
schweeeb...
schweeeb...

Frohe Weihnachten, allerseits!
Und ein gutes …
Wusch!
Wusch!
… neues Jaaaaaaaaaahr

KAPITEL 1

UNFROHE WEIHNACHTEN

Ich schlug meinen Skizzenblock zu. Normalerweise heiterte es mich auf, Comics zu zeichnen. Heute nicht. Es war der Morgen des ersten Weihnachtsfeiertags und sogar Loser hatte mehr Spaß als ich. Und was Leo anging ... Zu dem kann ich euch später noch etwas erzählen.

Nein, ein Hoverboard hatte nicht gerade unter dem Weihnachtsbaum gelegen, und auch kein Winterurlaub. Stattdessen hatte ich von Mom neue Klamotten für die Schule bekommen und zwei Bücher. Außerdem einen Gutschein von meiner Schwester Georgia für »1 x Spülmaschineausräumen«, und eine »Heiligabendumarmung« von Oma Dotty. Oma hatte gesagt, ihre Geschenke seien noch in Arbeit.

Und dann gab es da noch etwas, das ich NICHT bekommen hatte: eine WormHole Premium Multi-Platform GameBox. Das war mein eigentlicher Weihnachtswunsch gewesen, aber ich hätte wohl größere Chancen auf Erfüllung gehabt, wenn ich den Weihnachtsmann um einen Flug zum Mond gebeten hätte. Diese WormHoles waren teuer, und in diesem Jahr schwammen wir zu Weihnachten nicht gerade im Geld.

Trotzdem hätte ich meinen linken großen Zeh für eines dieser Systeme gegeben. Auf ihnen liefen Spiele aller großer Marken, und natürlich auch ihre eigenen – die besten überhaupt. Dieses Ding war so cool, es hätte praktisch euer Zimmer saubermachen und gleichzeitig Hausaufgaben erledigen können.

Nicht, dass ich irgendwie besessen davon gewesen wäre.

Na gut, ein ganz kleines bisschen vielleicht.

Aber das alles war nichts gegen die andere, wirklich große Enttäuschung.

»Also schön, ich muss dann mal los«, sagte Mom. Es war erst elf Uhr morgens, trotzdem zog sie sich bereits ihren Mantel an, um zur Arbeit zu gehen. Ja, ihr habt richtig gelesen: an Weihnachten. Kellnerinnen, die an diesem Feiertag im Festsaal des Madison Hotels bedienten, bekamen richtig viel Geld. Mom hatte es sich nicht leisten können, das Angebot abzulehnen.

»Ich mach's wieder gut, ihr Lieben«, sagte sie. »Morgen habe ich den ganzen Tag frei und dann werden wir ein echtes Weihnachtsessen mit allem Drum und Dran veranstalten.«

Wie hätten wir reagieren sollen? Mom arbeitete ja nicht aus Spaß an Weihnachten. Sie will immer nur das Beste für uns. Und so zu tun, als mache es uns nichts aus, war das Mindeste, was wir *für sie* tun konnten.

»Klingt super!«, sagte ich.

»Vorfreude ist die schönste Freude!«, sagte Oma.

»Klar, Mom!«, sagte Georgia, »gar kein Problem.«

Ich glaube, Mom hat es uns tatsächlich abgekauft. Und wir hätten die Sache auch beinahe durchgezogen, wenn ich nicht wieder mal meinen Mund zu weit aufgerissen hätte. Wisst ihr, ich neige manchmal dazu, den Bogen zu überspannen.

Extrem zu überspannen.

»Mach dir keinen Kopf, Mom«, sagte ich. »Wer braucht schon Weihnachten. Wir jedenfalls nicht!«

Ja, genau. Als ob irgendein Kind, das auch nur irgendwann einmal Weihnachten gefeiert hat, jemals so etwas sagen würde.

In diesem Moment hörte Mom auf, ihren Mantel zuzuknöpfen. Sie lächelte mich merkwürdig an und bekam feuchte Augen.

»Bin gleich wieder da«, erklärte sie, »ich … ähm … hab meine Schlüssel vergessen.«

Dann ging sie ins Badezimmer und schloss die Tür hinter sich. (Ihr könnt euch denken, dass Mom ihre Schlüssel nicht im Bad aufbewahrt.) Seit sie und mein Lehrer Mr Fanucci beschlossen hatten, sich nicht mehr zu sehen, verbrachte sie viel Zeit im Bad. Zugegeben: Ich fand es ziemlich eklig, dass die beiden sich privat getroffen hatten, aber ich würde ihnen tausendmal lieber beim Küssen zuschauen, als meine Mom so traurig zu sehen.

»Gut gemacht, Plappermaul«, meinte Georgia.

»Aber ich wollte doch nicht …«

»Nein, das willst du nie, Rafe«, entgegnete sie. Sogar Oma sah mich an,

als hätte ich es gerade geschafft, das bescheuertste Weihnachten aller Zeiten noch bescheuerter zu machen.
Und das hatte ich wohl auch.
Kein Problem für mich.
Doch eigentlich war das nur der erste Tiefschlag gewesen. Vom zweiten Tiefschlag erzähle ich euch gleich. Jedenfalls stellte sich heraus, dass mein kleines Weihnachtsdebakel der Beginn von allem anderen sein sollte, was in diesem Winter geschah.
Wovon ich hier rede? Davon, dass ich tierisch Ärger mit Mom bekam, fast meinen besten Freund (den mit dem Fell) verloren hätte, mein eigenes Geschäftsimperium auf die Beine stellte, im Januar den Großen Hundekrieg überlebte und nebenbei etwas zaubern lernte.
Auf dieses Ende wart ihr jetzt möglicherweise nicht gefasst, aber genau so ist es gewesen.
Lest einfach weiter.